그 모든 가장자리

그 모든 가장자리

백 무 산 시 집

창비

차 례

제3부 ＿＿

제1부

예배를 드리러

시골 장거리에 예배를 드리러 가야겠다
일용할 양식들이 흙 묻은 발을 막 털고 나온 곳
목숨의 세세한 물목들이 가까스로 열거된 곳

졸음의 무게가 더 많이 담긴 무더기들
더 잘게 나눌 수 없는 말년의 눈금들
더 작게 쪼갤 수 없는 목숨의 원소들
부스러기 땅에서 간신히 건져올린 노동들
변두리 불구를 추슬러온 퇴출된 노동들

붉은 내장들 엎질러져 있고 비늘이 벗겨지고
벌건 핏물에 담긴 머리통들이 뒹구는 곳
낡은 궤짝 제단 위에 염장을 뒤집어쓰고 누운 곳

보자기만한 자릿세에 졸음의 시간들이 거래되는 곳
최소 단위 혹은 마이너스 눈금이 저울질되는 곳
저승길 길목 노잣돈이 욕설로 에누리되는 곳
시간이 덕지덕지 각질 입은 동작들 추려서 아이들 입에

한술이라도 더 넣어주고 가고 싶은 애간장이 흥정되는 곳

세상에서 가장 선한 예배당에
까무룩 햇살 속으로 사라지는 계단을 밟고
예배를 드리러 가야겠다

내가 계절이다

여름이 가고 계절이 바뀌면
숲에 사는 것들 모두 몸을 바꾼다
잎을 떨구고 털을 갈고 색깔을 새로 입힌다
새들도 개구리들도 뱀들도 모두 카멜레온이 된다
흙빛으로 가랑잎 색깔로 자신을 감춘다

나도 머리가 희어진다
나이도 천천히 묽어진다
먼지에도 숨을 수 있도록
바람에도 나를 감출 수 있도록

그러나 이것은 위장이다
내가 나를 위장할 뿐이다
나는 언제나 고요 속에 온전히 있다
봄을 기다리기 위해서도 아니다
나고 죽는 건 가죽과 빛깔이다

나는 계절 따라 생멸하지 않는다

내가 계절이다

늙지 마라
어둠도 태어난다

밤 서울역

늦은 밤 서울역 대합실
오가는 사람 번잡한 광고판 아래
여자 신발 한켤레 코를 맞춰 단정하게 놓여 있다
누가 벗어두고 간 것일까

오래 붙들고 놓지 않는 전화를 끊고
망설이다 목적지를 바꾸고 차표를 교환하고
울먹이던 전화소리 귀에 쟁쟁한데
다시 와보니 신발은 그대로 있다

어릴적 강 건너 나환자촌에 신문을 넣기 위해
매일 새벽 건너야 했던 강
어느 가을 새벽안개 속 바위 위에
여인이 벗어놓고 간 하얀 코고무신을 보았다
안개 짙어 물은 보이지 않는데
강은 내 발목을 오래 붙잡고 있었다
누군가 곁에 있어주어야 할 것 같았다

삶의 벼랑에 서면 걸어온 발을 다 벗어버리고 싶어서일까
발을 벗고 여자는 어디로 흘러간 것일까
역 앞 대로에는 앰뷸런스 소리 또 요란하게 달려가고

막차 안내방송이 울리고 신발은 그대로 있고
사람들이 빠져나가는네
죽음만큼 다른 삶을 찾아가는 역은 어디에 있는 것일까

얼음 날개

눈에 젖은 좁은 산길 언 땅 오도독 밟으며 걷다가
잎들 져버려 느릅나무 가지들 휑하니 드러난 곳에
눈을 맞고 있는 새 둥지 하나 본다
다섯개의 알이 파랗게 질려 있는 둥지를

어미는 왜 돌아오지 못했을까
오돌오돌 떨며 서로 몸 비비며 얼마나 어미를 기다렸을까
계절은 이미 지나가버렸는데

당신이 내게 처음 왔을 때
당신은 나의 흩어진 과거로 들어와
과거를 두근거리게 하였네

알을 품은 새의 심장박동을 호흡한
알의 습기에서 심장이 생기듯이

당신은 나를 품어 나의 모든 과거가 모여 알이 되고
나의 습기로 깃털을 만들고

나의 차가운 과거에 피가 돌고
그 두근거림으로 날개를 짓기 시작할 때
나는 깨어나기를 기다렸네 캄캄한 알 속에서 나는 울었네
당신은 돌아오지 않았네
계절은 멀리 달아나버렸고

이제 나의 둥지 위에도 깃털 가슴 대신 흰 눈이 덮여
눈의 체온으로 알을 부화하려네
차가운 심장과 얼음 날개를 부화하려네
날아라 날아가라
얼음 날개를 달고 먼 겨울 하늘을

마음이 천재지변이다

창밖을 봐봐 눈이 와 저리 한 사나흘 퍼부었으면, 그런
전화 한통 못한다 도시에 오는 눈은 금세 천재지변이다
금세 재난상황이다 금세 쓰레기 대란이다
어느새 도시뿐 아니다
눈에 지워진 길 오지 않는 완행버스 기다리던
시골 할머니 화가 머리끝까지 나서
시골사람은 다 죽으란 말이냐! 내지르는
그 소리 참 야속하다 그러나 어쩌나
시골도 오전에 차가 끊기니 오후에 천재지변이다

저리 아름다운 눈 오시는 참에 밖으로만 나돌던
마음 갈피 쟁여 전설이라도 몸에 푹 익혀두면 좋으련만
하지만 또 어쩌나 재난은 대부분 없는 사람들 차지
부자나라 쓰레기는 저지대 사람들의 재난
길 끊겨 고립이라지만 실상은 자립이 사라진 때문
사통팔달 길 뚫고 무선전화 번개처럼 뚫어놓고도
길 없던 시절에는 없던 말 소통 소통부재가 소통하는데
하향 소통이다 모든 길은 빨대처럼 빨아들이는 대롱이다

일년에 공휴일 백스무날에 휴가에 노는 날 주체 못해도
사나흘 눈이 오니 죽기살기다
제트기 타도 빠듯하고 백날을 놀아도 빠듯하고
번개를 타도 빠듯하고 빠르면 빠를수록 인생이 빠듯하다
시간이 점점 곤두선다 수직으로 선다 곤두선다
곤두서다 생은 한순간 꽈당 자빠진다

아궁이에 군불 넣고 장독대 쌓인 눈 털고
고구마 찌고 김치 내고 겨울 고요에 몸 불려 담그는 일
전설이다, 여우 늑대 울던 시절의 전설이다

아직도 눈을 기다려 겨울이 오면 아이처럼 보채는 나도
눈 온다 좋아하기 민망하다 참 민망하다
동심이 천재지변이다
마음이 천재지변이다

너를 쬐어야 한다

타는 볕을 쬐어야 하고 언 바람에 피를 식혀야 한다
그래야 살 수 있다 나는 변온동물이기 때문이다

내 피는 식었다 뜨거웠다 한다
세상 사정은 내 심장에 들어오고 나간다
기쁨을 쬐어야 하고 슬픔도 일용할 양식이다
먼 곳의 눈물과 환호도 내 간 속으로 들어오고 나간다
어두운 곳의 절규와 더러운 곳의 축제도
나의 폐부를 할퀴며 들어오고 나간다
내 몸에는 항온을 유지할 두꺼운 비곗덩이가 없다
내 살은 구리처럼 전도율이 높아 슬픔도 바람도
골수에 바로 전한다 나는 너무 뜨겁고 너무 차갑다

그래서 종종 내 주체가 피부에 있는지 심장에 있는지 뇌
에 있는지
더 깊은 곳에 있는지 모를 때가 있다
어쩌면 몸 밖에 있을지도 모른다는 생각이 들 때도 많지만
상관하지 않는다 인간을 유지해야 하는 걸까

하는 생각이 들 때도 있다 그렇게 생각할 때만 내가 인간
인 것 같다
　항온을 유지할 만큼 나는 나를 책임지지 못한다
　오랫동안 심장이 뛰지 않은 채 한곳에 머물렀던 적도 있다

　하지만 세상의 모든 사정이 나를 해체하는 건 아니다
　나의 심장에 햇볕도 기쁨도 소용없을 때가 있다
　오직 너를 쬐어야만 할 때가 있다
　먼 대륙의 바람이 심장을 자주 달구었지만 나는 떠날 수
없었다
　너 때문에 그렇게 할 수 없었다
　너의 체온이 나의 체온이므로
　낮고 어두운 곳에서 울고 있는 너 때문에
　너의 차디찬 피가 멈추었던 내 심장을 뛰게 했으므로

소명

젖도 안 뗀 어미 잃은 고양이가 어물전 바닥에 흥건한
핏물을 핥다 내 신발을 핥는다
검은 털에 구정물이 허옇게 말라붙어 있고
겨우 걸음을 가누는 깡마른 몸이 안쓰럽다

비닐 앞치마를 두른 여인이 우유를 사들고 와서 두리번
고양이를 찾아 보듬어 안고 먹이려고 애쓴다
더러운 등을 쓰다듬고 애처로워 눈을 맞추기도 한다

누가 벽 너머에서 부르자 여자는 손을 씻고 달려가
수족관에서 팔뚝만한 고기를 한망태 건져 올려
식칼로 대가리를 내리친다 피가 튄다
댕강 댕강 머리도 없는 몸이 펄쩍펄쩍 뛴다
칼을 다시 하얗게 갈고 기계처럼 빠른 손놀림으로 회를
뜬다

회를 뜨고도 퍼덕이는 뼈들 구정물통에 던지고
앞치마에 튄 핏물을 씻고 가본다

고양이가 궁금하다 우유가 그대로 있어 속상하다

직업은 하느님의 소명이거나 목구멍의 소명이므로
고양이 잡는 일이 직업이었으면 고양이 배를 열마리쯤
따고 와서
수족관의 고기들이 애처롭기도 했을 것인데
삶은 자주 그렇게 소름을 돋게 하고 수시로 악몽과도 같
지만
주저하고 죄스럽고 용서도 빌고 그래서 억제를 알지만

억제 안된 소명이
피를 물로 만들 수도 있는 위대한 소명이
세계를 만들어가고 있다

잃어버린 새

새를 잡아 본다
새의 몸이 따듯하다
새의 몸에 체온이 있다는 것이 놀랍다
무게 없이 부피만 있는 몸이 경이롭다
두려움에 떠는 새의 심장을 만져본다
그 야성의 심장에 손이 닿자 나의 온몸이 경련처럼 떨린다
날개를 펴본다 작은 몸에 크고 우아한 날개가 눈부시다
허공을 쪼개는 날카로운 부리가 있고
시간을 잘게 나누는 빛나는 눈이 있고
정밀한 숫자가 담긴 귀가 있다는 것이 놀랍다
노래를 할 줄 알고 뛰어난 비행술과 배우지 않아도 알고 있는
정확한 항해 지식이 든 그 작은 면적이 경이롭다
사랑에 아파하고 집을 찾아오는 기쁨을 알고
무리를 위해 희생을 아는 새
비상의 뜨거움을 아는 사소한 부피가 경이롭다
저 낯선 것과 내가
같은 조상을 두었다는 사실 앞에 나를 말을 잃는다

얼마나 먼 세월 조금씩 조금씩 딴 길을 걸어서
이렇게 우리가 만난 것일까

나는 오래 새를 놓지 못하였다
새는 천천히 두려움을 거두고 내 눈을 깊이 들여다보고
있었다

내 몸에 새로 이어지는 길이 있을까
내 몸 안에서 잃어버린 새를 찾을 수 있을까

몸이여

한번 찾아와서는 오래 물러나지 않던 열병
의자 짚고 일어서려다 핑 어지럼이 도는 사이
코앞에서 난데없이 훅 끼쳐오는 한소끔 냄새의 기억
그래 그걸 먹고 나면 일어날 것만 같은데
지난 시절 공장에서 먹던 스팀으로 쪄낸 설익은 보리밥과
돼지비계 몇점 둥둥 뜬 잡탕 꿀꿀이죽
그 뜨끈뜨끈한 것 한그릇 훌훌 먹고 나면
그만 툴툴 털고 일어날 것만 같은데
그랬지 옛날 어른들도 몸져누우면 꼭 주렸던 시절에
먹던 시래기죽이나 개떡 같은 걸 찾으셨지
하필 몸은 허기진 시절만을 그리워하는 걸까
몸이 떠올리는 건 왜 모두 쓸쓸한 것들일까
거리를 지나다 철공소에서 들리는 그라인더 소리나
시너 냄새에서나 추억을 떠올리는
몸이여
참 미안하다
나를 먹이려고 땀과 아픔을 바치고
굴욕과 죄도 달게 삼켰지 목구멍뿐 아니라

사랑도 변변찮아 네 뜨거운 출구도 늘 쓸쓸하게 두었지
그래도 넌 비열한 곳에 가서 줄을 서려고 안달하진 않았지
그래서 비겁했고 오래 괴로웠던 내
몸이여
이제야 처음으로 지친
넌 안아본다

수수꽃다리 다섯그루

아이들 부축을 받으며 노인이 돌계단을 밟고 암자로 올라왔다 어린 손자의 가슴엔 할머니 영정이 들려 있었다

마당가에 아름드리 오동나무가 보이자 핏기 없던 노인의 얼굴이 상기되면서 가만히 나무를 올려다보다가 두 팔로 한참을 꼭 껴안아도 보다가

목을 쑥 빼고 담장 너머 뒷산을 바라보다가 산 너머 구름을 올려다보다가 뻐꾸기 우는 쪽으로 고개를 돌려 생각에 잠기다가

으스름 뒷산에서 총성이 울린 건 노인의 젊은 시절이었다 다급하게 청년이 숨어든 곳은 마을 외딴집 눈이 먼 애기무당이 홀로 법당을 지키고 사는 집이었다 애기무당은 그를 곁방에 숨겨주었다

밤이면 산으로 갔다가 첫닭이 울기 전에 돌아오고 낮엔 숨어지내다 어느날 건넛산에 불길이 솟고 총성이 요란하더

니 청년은 돌아오지 않았다

 여름이 가고 가을이 가고 동짓달에 애기무당은 혼자 아이를 낳았다

 그 아이 디섯살 무렵에 청년이 돌아왔다 청년은 애기무당을 데리고 마을을 떠났다

 그 법당 자리에는 새 법당이 지어졌고 곁방이 있었다 노인은 그 곁방을 들여다보고 문지방에 앉아도 보았다 할머니 영정을 안은 아이를 앞세우고 마당을 한바퀴 돌고는 가죽나무 그늘 고샅길을 돌아가면서 몇번이고 뒤돌아보았다

 그때 그 곁방에 숨어지내던 나도 암자를 떠난 지 십수년이 지났다 그 시절 내가 심은 수수꽃다리 다섯그루는 얼마나 자랐을까

주인님이 다녀가셨다

도둑이 다녀가셨다 어지러운 흔적을 남겼다
가져갈 것 없어 더러운 놈이 화풀이했다
처음이 아니다 도둑 생각을 하고 밖에 나가면 종일
불안이 나를 구겨댄다 털린 놈이 안절부절이다
사실 도둑이 아니라 털린 놈이 감시를 당한다

이 도시의 절반쯤은 도둑의 물건이다
신문의 절반쯤은 도둑에 관한 기사다
저 빌딩 절반쯤은 도둑의 장물이다
적당한 도둑은 대강 눈감아줄 때 그렇다는 얘기다
좀도둑 정도는 웃고 말 일인데 종일
추행을 당한 듯 몸이 불결하다
이 불안 속에 세상이 구겨져 들어 있다

도둑의 서열과 위계와 계급이 나라를 버티는 애국적 힘
이다
억울한 사람 만들어놓고 법을 팔아먹고
감옥을 만들어놓고 자유를 팔아먹고

독식해서 모은 것으로 똘레랑스를 팔아먹고
병을 만들어놓고 병원을 팔아먹고
위기를 만들어놓고 안보를 팔아먹고
착취한 돈으로 자선사업을 팔아먹고
파괴해놓고 녹색을 팔아먹고
노둑을 만들어놓고 치안을 팔아먹고
차별을 만들어놓고 평등을 팔아먹고
자신을 팔기 위해 진실을 팔아먹고
죄를 만들어놓고 종교를 팔아먹고
그래서 도둑을 잡으러 간 자들도 종종
도둑님이 되어 돌아오신다
좀도둑놈은 여비라도 줘 보내야 할 형편이다
감시당하는 자는 도둑이 아니라 털린 자들이다

도둑의 감시를 피해 자신을 은폐하고 암호화하고
익명화하고 의심증을 심화하고 자신을 위조하고
위조해놓고 자주 원본을 잃고 비밀번호를 잊어버린다
도둑만이 자유롭고 건전하다

바람과 다투다

고약한 이웃을 두었다고 투덜댔다
마을 좁은 길가 외딴집 헐어낸 자리
자갈투성이 땅을 허리 굽고 억세고 그악스러운 할머니
밭을 일구느라 가뜩이나 좁은 길을 파먹고
자갈 풀뿌리 던져놓아 질척한 길을
발을 들고 건너며 사정도 하고 짜증도 내어보지만
흙이라도 파먹어야지 길에서 뭐가 나오나? 막무가내다
또 봄이 오면 다툴 게 걱정이다

그 밭이 조용하다
봄이 오고 건너 밭에 씨감자 내고 모내기철이 끝나도록
기척이 없다 장마가 지나가고 뻐꾸기가 울고
작년 밭고랑이 다 지워지도록 호미질 소리 없다
꽃뱀이 와서 교미를 하고 쑥부쟁이 흐드러지도록
할머니 기침소리 없다

여윈 손목 자루로 여문 땅 괭이질로 다 일구고는
겨우 두해 부쳐먹은 그 밭머리에서 나는 자꾸만 목이 멘다

날 선 내 말이 가시는 길바닥에 가시가 되진 않았을까
꽃을 피게 하는 일과 마음의 짐 한줌 덜어주는 일
그보다 더 잘난 일 세상에 뭐길래 나는 닳고 닳도록
풀 한포기 나지 않는 길을 끌고 다녔을까

이 들에 바람과 다투는 자는 나밖에 없구나

당신들의 배설물

몸 하나 하수구를 빠져나가다 걸려 있다
패션거리 네온 불빛 휘황한 거리의 지하도
지상을 떠받친 거대한 기둥에 걸려 있다

박스를 깔고 누더기 이불에 반쯤 가려진 벗은 여자
불에 타다 만 베개에서 떨어져 뒹구는 머리통
거품처럼 엉킨 머리채 누렇게 부은 볼에 뚫린 검은 입
훌러덩 드러내어 대리석 바닥에 쏟아놓은 아랫배
불룩 솟았다가 철퍽 가라앉고 솟았다가 다시 꺼지고
진한 거웃에 찔러넣은 의수 같은 손

아직 욕망이 다 빠져나가지 못한 저 몸
나는 모른다
지상의 높은 곳을 오르다 굴러떨어졌는지
누가 저 높은 곳을 쌓으려고 벗겨가버렸는지
스스로 벗어버렸는지 나는 모른다

하지만 어떤 경우든 나는 안다

배설된 저 몸

다 소화되지 못한 욕망의 배설물

과식의 위장을 빠져나와 쿨렁쿨렁 하수구를 지나다

걸려버린 한무더기의 배설물

아직은 누군가 그리울

아직은 단꿈이 남았을

한무더기 배설물의 지상은 패션거리다

눈이 내리면

내리는 눈을 보면 난 왜 아직도 자지러질까

새벽에 무심코 나간 마당에 손님처럼 눈이 와 있으면

먼 나라로 아주 떠난 사람 꿈에 본 듯 서러워질까

좁은 땅에 광야를 그려놓고

구겨진 도시에 태고를 펼쳐놓고

오래된 것인 듯 내 안에 가득 든 울먹임의 정체는 무엇일까

등뒤에서 숨죽여 글썽이는 이는 누구일까

나는 어느 곳에서 이곳으로 떠나온 것일까

왜 아직 이곳에 있는 거야!

그렇게 적막한 소리로 울먹이는

저 희디흰 빛깔은 누구의 목소리일까

생과 사의 다리

나비는 따듯한 계절을 살다 간다
건널 수 없는 빙하기가 오기 때문이다

날개를 단 다음부터 나비는
생존을 위해 먹고 마시는 것이 아니다
날개는 무도의 의상이고 꿀과 춤은 축제의 기쁨이다

애벌레 시절에 생활을 졸업한다
노동의 계절을 마치고 날개를 단 후엔
천상과 지상의 중간을 사는 축제의 참가자일 뿐이다
그리고 즐거운 짝짓기를 하고 기쁨의 알을 낳는다

인간에게 삶과 죽음의 중간 같은 건 없다
삶에 가파른 절벽을 그려놓고 시간을 수직으로 세워놓고
비참을 감추려고 삶과 죽음은 하나라고 자꾸 우겨대지만
돌아서면 개소리 같다

축제를 몰아낸 공허한 몸에 노동이 자학처럼 물고 있다

노동이 다 빠져나갈 때를 죽음이라고 부른다

히말라야 아래에는 나이가 차면 순례길에 나서고
순례 끝에 출가하는 사람들이 있다 한다

우리 옛사람들도 또 왕들도 나이가 들면 곧잘 출가하여
다른 생을 살았다 한다

출가보다 아름다운 일이
인간의 삶 속에 있었으리라고 나는 믿고 있다

어진 사람

어질다는 말
그 사람 참 어질어,라는 말
그 한마디면 대충 통하던 말
가진 사람이나 못 가진 사람이나
양반이나 상것이나 잘난 사람이나 못난 사람이나
그 사람 어진 사람이야, 그러면 대충 끄덕이던 말
집안 따질 일이며 혼처 정할 일이며 흉허물 들출 일에도
사람을 먼저 보게 하는 말
나머진 대충 덮어도 탈이 없던 말

시장기에 내놓은 메밀묵맛 같은 사람
조금 비켜서 있는 듯해도
말끝이 흐려 어눌한 듯해도
누구든 드나들도록 숭숭 바람 타는 사람
보리밥 숭늉맛 같은 사람
뒤에서 우두커니 흐린 듯해도 끝이 공정한 사람
휘적휘적 걷는 걸음에 왠지 슬픔이 묻어 있는 사람
반쯤 열린 사립문 같은 사람

아홉이 모자라도 사람 같은 사람
아버지들 의논을 끝내던 그 말
지금은 사라지고 없지만
어질기만 해서 사람 노릇 못해,
그럴 때만 쓰는 말

제2부

두드리는 데 쓰는 물건

아버지 염할 때 처음 본 그것
북채처럼 생긴 그것은 두드리는 데 쓰는 물건
전쟁이 끝난 나른한 봄날 나를 부르느라 두드렸을까,
깊은 골짜기로 내려가 이봐 이제 괜찮아
어딜 그리 깊이 숨었어 나와봐
둥근 소리로 둥둥 내 사랑 두드렸을까

나는 두드림의 자식이라서
태어나 내가 한 일은 내내 두드리는 일
문과 벽과 사람과 어둠과 혼돈을
숨이 막혀서 쾅쾅 앞이 보이지 않아서
목이 말라서 자유에 굶주려서 꿈을 빼앗겨서
손에 못이 박히도록 주먹에 피가 나도록
번번이 대답 없는 문을 벽을 쾅쾅 어깨로 대가리로
찧어도 보았구나
미동도 없던 차가운 어둠을
어쩌다 빼꼼 열리는가 싶더니 차가운 눈빛만 사나운 개
처럼

튀어나오고 쾅 닫히는 문을
겨우 열고 나니 감옥이 나오는 벽을
숨겨달라고 다급하게 두드렸더니 밀고하는 사람의 벽을
열린 문 안에는 언제나 싸늘한 냉기가 유령처럼 불어오고

그러니까 그게 그렇지 않았나보나
꽃 피는 봄날 기쁨으로 찾아와 둥근 소리로
둥둥 그렇게 나를 불러낸 것이 아니었나보다
온갖 분쟁과 식민지 압제와 전쟁의 역사
독재와 학살과 투쟁의 시대에 우르르 쾅쾅
지축을 흔드는 소리에 경련을 일으키며
다 익지 못한 잠
깨어진 알처럼 엎질러져 튀어나왔나보다
그래서 내 손도 그토록 거칠었나보다

이제 마지막 북채 하나 내 손에 들려 있다

옛 골목에 갔었네

옛 골목에 갔었네 습기가 그리워서라고 해야겠네
낡은 점방과 중고 전파사와 오색천 감긴 대나무 깃발 세
운 무당집이
그대로인 골목 녹슨 철대문에 더께 칠한 페인트
흙먼지 하나 없이 덕지덕지 발라진 시멘트 바닥
흙이라곤 고춧대 박힌 스티로폼 박스뿐

골목에 나와 앉은 할머니들 옛 할머니들 아니네

아이들 소리 들리지 않는 골목
구급차 들어오고 나가면 그게 장례식인 골목
흙먼지도 물기도 싫어 슬픔이 지긋지긋해
쓸어내고 쓸어내어 미라처럼 말라가는 골목
노동과 함께 빠져나가 온기 없는 몸
정부 보조금으로 간신히 숨이 붙은 골목

오래된 낡은 공단 뒷골목
슬픔을 쓸어내자 온기도 달아난 골목

내 사랑 폐병쟁이 기침소리 그리운 곳

요양원 가는 차 붙들고

비에 젖은 흥건한 길바닥에 퍼질러 앉아 몸서리치며 울
던 여자

그 여자 흔적이라도 만나러 갔던 골목

슬픔도 없는 골목에서 나는 우네

슬픔도 없이 잠들다니

슬픔도 없이 죽어가다니

이웃집에 도서관이 생겼다

새로 지은 구치소
불법집회하다 나 대신 끌려간 후배 면회 가서
대기실에 들어서니 벽면 가득 책꽂이에
신간 문예잡지와 묵은 잡지가 즐비하다, 하
처음 보는 잡지 말로만 듣던 잡지 수년 만에 보는 잡지
듣도 보도 못한 잡지 들 그래도 내가 명색이 삼십년 가까
이……
시립도서관 사서는 우리보다 서너시간 먼저 퇴근하고
문예시장은 천리나 먼 곳에서 열리고
공단 서점 책꽂이 최하단 신발 닿는 곳에서 한두권
찾아내어 잘근잘근 씹어 먹고 벗겨 먹던 초근목피의 세
월이 무색하다

교정담당관의 아이디어였을까
그래서 성공했을까
재소자의 정서 순화를 위해서라고 예산을 받았을까
무슨 문예위원회에서 떠안긴 것일까
저 높은 담장 안에 웅크린 상처에 무슨 위안은 되었을까

무너진 가슴들 적실 생수 한잔은 되었을까
불온한 꿈들을 순화하였을까
쓰레기였을까

어쨌거나 그들의 계획이 성공하길 나는 바란다
그래야 계절이 바뀌고 책이 바뀌고
새로 지정한 나의 도서관도 번창할 테니
어차피 이 집은 이래저래 가까운 이웃이니까

한시간?

여름낮 한시간 동안 나무는 얼마나 많은 일을 할까
겨울밤 한시간 동안 나무는 얼마나 깊어질까
그걸 왜 한시간이라고 하지?

햇살 가득한 봄날 한시간 동안 새들은 가슴이 얼마나 두
근거릴까
산들 가만히 눈을 감는 가을 저녁 한시간 동안 새들은
얼마나 쓰린 허공을 날아야 할까
그걸 왜 한시간이라고 하지?

겨울밤 한시간 동안 생산한 견직물과
여름낮 한시간 동안 생산한 견직물의 양과
비가 오는 낮 한시간 동안 만든 시계와
눈이 오는 밤 한시간 동안 만든 시계의 양이
똑같다는 사실을 알게 된 건 얼마나 대단한 발견이었을
까?

그래서 시간은 발견된 것이 아니라 발명된 것이라는

사실을 발견한 건 얼마나 혁명적 사건이었을까?

모두가 모든 때에 모든 상태에 모든 몸에
같은 규격을 착용하고 다니면서부터 세상은 얼마나 바뀌
었을까?

시간은 인생이 아니라 윤리일 뿐이라는 사실을
알게 된 인간은 그로부터 얼마나 사생결단을 하는 것일
까?

우물

사람들 떠난 마을에 낡은 우물 하나 있다
두꺼운 시멘트 뚜껑으로 굳게 잠겨 있다
그곳에 달 하나 갇혀 있을 것만 같은

마을 고샅길 끝나는 곳 우물 속은 언제나
새벽처럼 어둑해서 정화수 정갈하게 길어 올리고
발소리 분주하게 쏴쏴 동이물 길어가고
여름 한밤중엔 여인들 나와 달빛 아래 몸을 씻던 곳

퍼올려도 퍼올려도 꼭 그만큼 찰랑거리던 수면
가만히 들여다보면 글썽이는 눈동자 속처럼 빨려들어
알 수 없는 깊이에 이어져
어딘가에서 할머니들 빌어 우리 목숨 점지하던
용왕님이 있을 것 같은, 그 물줄기가 용왕님인 듯 목숨처
럼 받들던 우물

우물은 우리 깊은 잠 속으로도 흘러들어
시퍼런 물결로 와서 꿈을 씻으며 메아리 지던 아득한 밤들

지쳐 기진맥진한 밤에 돌아와 조용히 몸을 누이면
어느새 갈라진 목젖을 적시며 차오르고
자고 나면 또 찰랑찰랑 새살처럼 고여오고
깊은 상처들 풀 자라듯 기워내던 우물

다시 새벽 어둑한 깊이에 두레박을 내려야겠다
오랜 세월 풀 수 없었던 이 갈증을 내려야겠다

물의 시간

타는 여름 붉은 아스팔트 위에 땀 쏟다가
너를 무지 그리워하다가
갈라진 목구멍에 생수 한잔 붓다가
그 물빛에 새삼 놀라 너에게 묻는다

넌 언제부터 물인가
아니, 넌 언제부터 지금인가

백악기 밀림을 적시던 빗방울이었다가
홍적세 빙하에 내리던 눈송이였다가
깊은 바위 속을 수만년 흐르다가
내 목을 타고 내리기 전에 얼마나 많은 몸을 유전했을까
그 몸 어디에
시간의 흔적이 새겨져 있는가

살아 있는 모든 것에 시간을 부려놓고 수레처럼 빠져나
가지만
시간의 주름 하나 잡히지 않는 네 몸

영혼은 화석이 되어도 몸은 시간을 묻히지 않는다

네 몸 깊이 들어와보면 내가 보인다
한덩이 거품이 부풀었다 꺼진다
저기 끓듯이 또 한 거품이 부푼다
사라지는 것은 아무것도 없다

네 몸에 내 몸을 적시고 네 몸이 내 몸이 된 뒤에도
매번 너의 손을 놓치고 나는 자꾸 과거로 미끄러지는데

아, 왜 몰랐을까 나는 네가 언제까지나 간직한 현재에서
지금 막 튀어오르고 있다는 걸!

네가 떠났으므로

네가 떠났으므로
꽃이 필 필요가 없다

네가 떠났으므로
해가 질 필요가 없다

네가 떠났으므로
눈물 흘릴 필요가 없다

네 눈으로 보았고
네 목소리로 말했고
네 마음으로 느꼈고
네 입맛으로 먹었고
네 말로 나는 살았다

네가 떠났으므로
나는 죽을 수도 없다

네가 떠났으므로
나는 이미 내가 아니기에

남은 건 다음 생이기에

춤추는 인간

인간의 몸에는 춤이 눌러 담겨 있다
인간의 몸은 춤추는 동안 만들어진 신체다
아직도 숲에서 사는 사람들은
노동하는 시간보다 춤추는 시간이 더 많다

아니라고? 틀린 말이라도 물릴 생각은 없다 그러나
인간만의 특별한 신체를 만든 건
노동의 역사 때문이라는 자연변증법보다
인간을 욕되게 설명하는 것은 아니라고 나는 믿는다

원숭이에서 노동을 통해 노동하기 적합하도록
인간의 신체로 진화하였다는 논리는
혁명을 통해 모든 인간을
노동자로 만들려고 시도했던 강령이었다
왜 혁명을 통해 모든 인간을 춤추는 인간으로
만들려고 하지 않았을까

그러나 그런 내 몸에 춤이 한 동작도

남아 있지 않다는 사실 때문에 나는 심각하게 회의하기
도 한다
하지만 한세대 만에 기계의 시간에
우리의 몸이 통째로 접수될 수 없다는 사실도 나는 믿는다

춤을 보면 나는 불안에 빠진다
춤을 보면 내 몸이 분산되는 것 같아 황홀하고 불쾌해진다
춤을 보면 내 몸이 개 목줄에 묶인 것 같아 몸서리쳐진다
춤을 보면 어디서부터 내가 몽땅 틀렸는가 혼란에 빠진다
춤보다 나를 해체시키는 것은 없다
춤은 이념보다 진지하다

적은 나의 구원이오

내가 어떻게 사는가 묻네
이 높은 곳에서 무얼 먹고 어떻게 사는가 묻네
나는 적을 먹고 사네
적이 와서 밥을 떠먹여주니까
적이 와서 이부자리를 깔아주고 발 뻗고 자게 하니까
적이 날뛰어야 성이 고고하고 높고 튼튼해지니까

적이 없으면 외롭고 쓸쓸해진다는 걸
시소 저편이 사라지면 이쪽이 홀랑 뒤집어진다는 걸
적이 없으면 성을 허물어 포르노 상영관을 만들 거란 걸
적이 사라지면 아름다운 무기를 녹여
경운기를 만들어야 한다는 걸
적이 총을 버리면 나는 백수가 된다는 걸
적이 사라지면 위대한 신의 정의가 부엌칼이 된다는 걸
적이 사라지면 조국의 위대한 영광을
벼룩시장에 내다 팔아야 한다는 걸
하나의 적을 격침하고 두개의 적을 만들어야 한다는 걸
적이 없으면 허수아비를 세우고 선지라도 칠해야 한다

는 걸
　적이 없으면 빌빌 기던 아랫것들도 고개를 쳐들 거라는 걸
　적이 없으면 영웅도 도살장의 칼잡이가 될 뿐이라는 걸

　그래서 기도를 좆빠지게 해야 한다는 걸
　적을 달라고 사턴을 내려달라고 적을 민들 지혜를 달라고
　적이 없으면 복음은 개소리가 될 뿐이라는 걸
　저 불신의 거리에 돼지 피를 은총으로 뿌려대어야 한다
는 걸
　적은 나의 포도나무요
　나의 구원이라는 걸

굽이굽이

뱀은 똑바로 걸어갈 수가 없다
활처럼 몸을 휘어 밀어내고 당겨
강물처럼 출렁거려야 앞으로 갈 수 있다

강물은 직선으로 달릴 수 없다
뱀처럼 굽이굽이 몸을 뒤척여야 멀리 갈 수 있다

똑바로 누워 흘러가는 강은 죽은 뱀이다

굽이져 흘러가는 몸이 용신(龍神)의 몸이다

자연사박물관

1

야외 온천장에 벗은 사람들이 줄지어 걸어갑니다
나무와 바위가 배경에 있고 구름이 내려와 있어
벗었다기보다 아직 입지 않은 듯 보였습니다
저 몸들이 자연을 졸업하고
고급사회로 진급하였다는 건 아무래도 믿기지 않습니다
허술한 구조와 아귀가 헐거운 골격과
어중중하게밖에 직립하지 못한 근육과
중력에 휘둘린 균형도 엉망으로 보였습니다

2

그 가운데 한 얼굴을 발견했습니다
자연사박물관에서 막 걸어나온 듯 보였습니다
튀어나온 이마 불룩한 배 구부정한 어깨
몸 여기저기 상처에 피딱지가 얼룩져 있고
덜렁거리는 가운데 것도 별 표정이 없었습니다
손에 든 수건은 짐승 뼈 같고 무리를 잃은 듯
주위를 경계하면서 질린 눈으로

먹구름 잔뜩 낀 하늘을 올려다보면서
키 큰 풀숲을 우수수 쓸고 가는 바람에
부르르 떨며 눈엔 그렁그렁 눈물이 고여 있습니다

  3
불은 오래전에 발명되었지만
불안은 자꾸 파리떼처럼 까맣게 들러붙습니다
숱한 불을 찾아왔지만 불로 인한 공포도 잡초처럼
우북 자라납니다 불은 자주 지배자의 전유물이었고
불은 하나의 어둠을 거두고 두개의 어둠을 불러오기도
했습니다

  4
자연사박물관 유리상자 안에 오늘이 담겨 있습니다
두 아이와 마누라를 목 졸라 죽이고
사내가 한강에 몸을 던지고 있습니다
단속반에 뒤집힌 리어카에서 쏟아진 오뎅과
떡볶이 벌건 고추장물 바닥에 늙은 여자가 퍼질러 앉아

울고 있습니다
　철탑 위에서 농성 중이던 노동자가
　몸에 불을 붙이고 뛰어내리고 있습니다
　생존의 망루에 올랐다가 불이 붙은 사람들이 절규하고
있습니다

　사람들은 긴 행렬을 지어서 바쁘게 오고 갑니다
　그들은 불을 찾아가는 행렬이라고 적혀 있습니다
　그들이 걸어가는 곳은 어디일까요?
　그들은 무엇을 불이라고 생각하는 것일까요?
　그들은 왜 계속 불을 찾아가는 것일까요?

　5
　누군가 자연사박물관을 방문하여 진열된
　유리상자 안 우리의 오늘을 들여다보는 것 같습니다
　나는 유리상자 안에 있습니다
　구경하는 그들은 웃고 있습니다

둥근 것은 지울 수 없다

눈으로 본 것은 지워지지 않는다
귀로 들은 것은 흩어지지 않는다
살이 터지고 피가 낭자하고 뼈가 튀고
아이들 머리통이 수없이 뒹구는 남부 레바논
지울 수 없다 저 참혹한 시간은

공포에 질린 어머니들의 절규와 비명은
언제까지고 지워지지 않는다 누구도 지울 수 없다

힘은 존재를 말살할 수 있다고 믿지만
저항이 있으면 저항을 지우고
죄가 있으면 죄를 지울 수 있다고 믿지만
보복을 지우고 저주를 지우고 신을 지우고
두려움을 지우고 시간을 지울 수 있다고 믿지만
우주는 무한정 열려 있는 줄 알지만
절규는 시간을 봉쇄한다
인간의 시간에 박힌 피에 젖은 파편은 누구도 지울 수
없다

봉쇄된 시간은 저 너머에서 산 채로 발굴된다

말라버린 눈물과 지워진 살의 흔적과 흩어진 뼈들과
사라진 절규가 시간의 어느 골짜기에서
피의 폭풍으로 발굴될지 모른다 저 처참한 광경은
지난 시대 그 무슨 절규의 재현일지도 모른다
인간의 시간에 박힌 상처는
인간이 존재하는 한 지워지지 않는다
세상에 지워지는 것은 없다
인간의 시간은 궤도가 아니다
둥근 것은 아무것도 지울 수 없다

감수성

베스트셀러 작가로 유명한 분이 돌아가시면서 전재산
십억이 넘는 돈을 모교인 국립서울대학교에 기부하고 갔
습니다
살아 계실 때 온화한 모습 그대로

얼마 뒤 부산 사는 진순자(73) 할머니는 군밤장사 야채
장사
파출부 일을 하며 평생 모은 일억 팔백만원을 아프리카
최빈국
우간다 굶주려 죽어가는 어린아이들에게 보냈습니다
"우리도 옛날에 원조 받아 공부도 하고 학용품도 사고 그
랬단다,
우간다 아이들아 공부 열심히 해야 한다." 당부도 담아서

농사짓고 공장 일 하는 사람들의 공부 모임에서
시를 공부하다 나온 얘기였는데
누가 내게 물었습니다
둘의 차이가 무엇이라 생각하느냐고

나는 계급성이라고 말하려다
감수성이라고 말했습니다

계급적 감수성이라고 말하려다
생명의 감수성이라고 말했습니다

감수성은 윤리적인 거라고 말하려다
제길, 감수성은 고상한 것이 아니라 염치라고 말했습니다

순례

기억하실는지요?
그렇게 시작되는 이메일 한통에 사진 몇장

여긴 티벳인데요 하늘호수랍니다
해발 사천오백 남초 호수를 보면 좋아하실 것 같아서요

머나먼 나의 순례길은 대륙을 지나 어느덧
동해의 끝자락에 이르렀으나
등골에 들러붙은 내 질긴 업장이 이 땅의 죄와 맺어져
아직 짐 하나 풀지 못하고 국경도 한걸음 넘어보지 못했
는데

기억하냐구요? 남초 호수를요?
그럼요 그럼요 처음 본 사진 한장에 가슴이 마구 뛰고
굴뚝에 연기가 피어오르는 옛집이 눈앞에 그려지는 걸요
한생을 또 이렇게 허탕치고 가야 할지도 모르지만

순례는 과거의 생을 더듬어

미래의 기억 속으로 들어가는 길

훗날 나 편지 한통 받게 되겠지요
기억하실는지요 여긴 머나먼 동해바다인데요

집으로 가는 길

한적한 노인요양병원 앞 들길에는
언제나 집으로 가는 사람들이 걸어가고 있습니다
발을 끌고 손목을 떨고 목발을 짚고 산책 운동을 나온 그
들은
여기서 마감하리란 생각은 아무도 하지 않습니다
휠체어를 끌고 안간힘으로 부지깽이처럼 마른 몸으로
지팡이를 짚고 힘껏 한걸음 한걸음 그들의 소원은
집으로 다시 돌아가는 것입니다

그들 소원대로 내일이면 몇은 보이지 않습니다
간절히 가고 싶었던 그 집에는 어머니가 있습니다
어머니는 사라진 적이 없습니다
언제까지나 사라지지 않을 것입니다
집으로 가서 어머니 품에 잠들고 싶습니다

어머니 모습으로 나타내신 건 어둠입니다
따듯한 가슴과 밝은 빛을 낳으신 건 어둠입니다
어머니의 보살핌이란 다시 낳아주는 일입니다

어머니가 우리를 매일매일 낳아주었다는 걸 기억하고 있
습니다
먹이고 용서하고 씻기고 가르치는 일은
다시 낳아주는 일이었다는 걸 기억하고 있습니다

집으로 가면 어머니가 나시 낳아주실 것입니다
용서하듯이 다시 낳아주실 것입니다
집이 비었으면 고요히 불평 없이 나를 비우고
나를 지우고 기다려야 합니다
어둠을 잃지 말아요
저녁이면 어머니가 돌아오십니다

어둠을 잃어버리면 허무와 두려움이 우리를 먹어버릴 것
입니다

미황사 동백꽃

세상길은 땅끝마을에서 끝나고
마음길은 미황사에서 끝나네

저물녘에 닿은 일주문에서 지친 소의 고삐를 푸니
섣달 초닷새 붉은 달이 바위산에 걸리네

먼지 일으키며 풀 한포기 없는 몽매한 길
끌고 얼마나 멀리 헤매어왔던가
소는 자하루 돌계단에서 풀썩 쓰러지네

동백꽃은 필 듯 아니 피고
세상길 버리고 동백숲에 숨어든 새들
비린 울음 삼키고 이 밤 어디서 젖몸살을 앓고 있는지

지나는 구름 밤새 오락가락 요사 창에 흩뿌려대던 것이
눈송인가 했더니 새벽 뜰 가득 별빛 쌓여 있네

별빛 공양 이고 새벽 법당 차가운 문고리를 당기니

길을 묻지 마라
여기 와서 길을 묻지 마라
소의 행방을 묻지 마라 하네

길 끝난 마음자리 동백꽃 재촉하네

제3부

끌 수 없는 불

첨단 과학의 시대에도
불은 여전히 물로 꺼야 하는 건 참 황당한 일이다
뚜껑 열린 후꾸시마 원전에 소방차가 가서 물을 퍼부어
대는 건 더럽게 엽기적이다

하긴 아직 불의 시대니까
더 많은 불의 연대기니까
더더 많은 불의 세기니까
빅뱅의 연대기니까
영원한 불을 찾아가는 역사의 도정이니까

불을 끄는 도구는 멍청이들이나 발명하지
불은 권력이니까
더 많은 권력이 필요하니까
불의 분배는 지배의 질서니까
권력의 시추는 계속 늘려야 하니까
스스로 제동할 권력은 헌법 위반이므로
더 빨리 달려야 할 판에 브레이크를 발명할 바보는 없으

니까

키도 없이 바다로 떠난 보트처럼
꼬리날개도 없이 태양을 향해 떠난 이카루스처럼
붙일 수는 있으나
끌 수 없는 불
후꾸시마,라는
세계

탑이 꾸물거린다

내 행색이 만만해선지 역이나 터미널 지나면
다가와 불쑥 내미는 손 자주 있다 눈은 풀리고 역한 술냄
새에
누더기 잔뜩 둘러맨 그들에게 나는 미안하지만
한가지는 꼭 물어본다 고향이 어디냐고
아니 미안할 건 없지 역에서 만난 사람끼리
고향을 묻지 않는 것이 오히려 결례다
역에서는 누구나 신파적이어도 괜찮다

그들의 고향은 모두 이 나라 변방 깡촌 오지 변두리 벽촌
골짜기 섬마을 달동네 어디다
한때는 숲에서 뛰놀고 소를 먹이고 푸른 들을 가꾸던 이
들이었다
꿈에 부풀어 상경한 노동자였다

지하도 대리석 벽에 기대 박스를 깔고 덮고
눈발 들이치는 곳에 돌돌 몸을 말고
꾸물거리는 모습은 마치 기념물의 벽화나 부조 같다

국가 기념 조형물에 새겨진 조각처럼

전쟁기념탑이나 하다못해 고속도로 건설 희생자 위령탑

에 새겨진 노동자들의 부조처럼 벽을 장식하고 있는 그들

그 많은 희생과 닉오에 눈을 감은 대리석의 도시에

배반의 역사가 새겨지지 못한 탑이 굼벵이처럼 꾸물거리

고 있다

탑이 구역질을 하고 있다 기념비가 행패를 부리고 있다

can

음료 캔을 따는 일은 언제나 망설여진다
캔을 따는 순간 캔의 운명은 비참해진다
내가 유지하고 싶은 것은 캔이며
내용물은 언제나 캔에 비해 보잘것없어 보인다
사람들은 캔을 따는 순간 돌변한다
부드럽게 손 안에 굴리고 뺨에 비벼대다가도
내용물에만 집착하고 사정없이 구겨버린다

나는 내용물은 쥐버리고 캔을 가지고 싶어한다
맹물보다 못한 멀건 내용물 때문에
캔이 유지된다는 건 잘 이해가 되지 않는다

캔을 가지고 놀았던 어린시절이 생각난다
군부대에서 얻어온 빈 캔을 가위질해서
쓰레받기와 물받이도 만들고 똥장군이나 두레박
깨진 뒷박을 땜질하기도 하고 곡식 바가지도 만들고
화분도 만들고 로켓도 만들고 헛간을 개조한
나의 과학실험실의 여러 소도구가 되기도 했다

게다가 캔은 구(球)처럼 빈틈없이 우아하게 생겨서 그 자
체를 가지고 놀았다
색을 입혀 미술품을 만들기도 했다

캔을 허접한 내용의 껍데기나 포장으로 취급하는 건 못
마땅하나
내용을 위해서라고 하지만 내용을 주체라고 하기엔
일회적이고 수동적이고 소모적이다
내용은 캔에 의지하지 않고서는 유지할 수 없지만
캔은 내용과 상관없이도 존재할 수 있다
캔은 내용을 간절히 요구하지만 자체가 스스로
내용이 될 수도 있다 그런 캔은 여러모로 유용해서
너는 누구냐고 물으면 '나는 캔이다'라고 말할 수 있다

텅 빈 캔

시베리아

어디론가 떠나고 싶다는 생각이 나를 비워갈 때면
시베리아,
시베리아 눈보라가 내 빈자리를 파고드네

아직 깨어나지 않은 으스름의 땅
거친 바람 벼랑 끝에 광활한 날개를 접고 잠든 대지
인간의 땅 가장자리 그 북쪽의 북쪽
깊은 수면처럼 끝없이 밀려오는 눈보라

아직 나의 잠을 자지 못했어
아직 나의 삶에 닿지 못했어
가는 곳마다 유랑지만 같아
사는 곳마다 유배지만 같아

시베리아, 불러보면
뒤에서 누가 울먹이는 듯 돌아가는 길만 같고
오래 내 가슴에 밀려오고 밀려오던 그 광야의 그림자
그곳에서 첫잠처럼 깊고 깊은 잠에 들면

아직 눈뜨지 못한 나의 대지에 가닿을 수 있을까
위대하면서 미숙한 대지여
아직 덜 깨어난 대지여
아직 덜 태어난 나여

나의 삶에 닿지 못한 건 나의 잠을 자지 못한 것
나의 얕은 잠도 시베리아의 깊은 잠에 던져두고
아무래도 나 하나는 거기서 살게 하고 돌아오리라
나 하나를 떼어두고 돌아오리라
이 도시의 황야에 살기 위해서

어디론가 떠나고 싶다는 생각이 나를 열어갈 때면
시베리아,
시베리아 바람이 나를 뚫고 지나가네

허수아비

주정뱅이 노인이 죽자
마을에는 귀신이 자주 출몰했다
노인이 사라지자 마을 공기가 가라앉고
사람들 눈길이 닿지 않는 구석이 부쩍 늘어났다

노인이 떠나자 집들의 담장 높이는 한뼘이나 자라났고
큰 소리로 떠들기보다 귓속말이 많아지고
전에는 잘 보이지 않던 살림의 해진 밑바닥에 시커먼
헌데가 자꾸 드러나 소스라치게 놀라기도 하였다

마을의 소음을 도맡아 일으키는 골칫거리였으나
노인의 이상한 혼잣말이 폐가를 돌아다니고 죽은 짐승들
을 파묻은
썩은 구덩이를 들추고 음산한 다리 밑을 헤집고 다녔었다

가뜩이나 아이들 소리도 떠나고 없고
밤마실 끌고 다니던 이야기꾼 할머니도 작년에 떠나고
동네 궂은 욕을 도맡던 반벙어리 늙은이도 떠난 뒤에는

어두운 헛간이나 골목에서 귀신들이 사람들을 자주 놀래
키었다

저녁이면 집집마다 마당 불을 일찍 끄고 티브이를 보거나
비슷한 처지끼리만 어울려 속을 감추고 쑤군거렸다
귀신들 장난 때문에 가슴에 도사렸던 상처들이 불현듯
되살아나고
마음의 그늘이 잘 비워지지 않아 닦아도 닦아도 눅눅한
곰팡내가 났다

주정뱅이가 일으키던 분란과 대책 없이 낯선 말들이
마을의 퀴퀴한 그늘과 삶의 허방 구덩이를
파고드는 귀신을 쫓는 허수아비였는지도 모른다

마을이 생긴 이후 한번도 대가 끊긴 적이 없는
주정뱅이의 후계자는 다시 나타나지 않았다
마을의 불행은 그렇게 시작되었다

아득한 현재

너의 혀에서 바다냄새가 풍겨왔다
순간 나는 네가 아득히 먼 옛날
바다에서 왔다는 사실이 떠올라 허둥대며
뛰어든다 방 안 가득 물비린내가 안온하다

천천히 너를 헤엄쳐 검푸른 곳에 이른다
몸을 뒤척일 때마다 비늘들이 푸르게 빛났다
목구멍에서 울컥 짠물이 넘어왔다

너를 먹는다 나의 심장이 나의 피부가 나의 뇌가
나를 먹는다 너의 심장이 너의 피부가 너의 뇌가
너를 먹을수록 나는 또렷해진다
나를 먹을수록 너는 선명해진다
먹는다는 건 네가 알지 못하는 너의 시간을 만지는 일
내가 알지 못하는 나의 시간을 만지는 일

내 앞에서 너는 흐렸고 전부가 보이지 않았다
내가 보는 건 너의 아주 일부일 뿐

서로의 전부에 참여하는 길은 오직 먹는 행위뿐
하지만 너는 알지 못한다 나도 알지 못한다
사마귀처럼 서로를 씹어 먹어도 서로를 알 수 없다
텅 빈 시간을 씹어 먹을 뿐

사랑 따위가 무슨 상관이겠느냐
아득한 시간만 수조에 가득하다

레드카드

스포츠뉴스에 잠깐 스쳐 지나간 그 심판을 똑똑히 기억
할 순 없지만 그가 게임을 위기에서 구하는 것을 보았다

열광하던 관중 가운데 존 레넌을 닮은 한 사내가 자지를
내놓고 축구장을 가로질렀다 경기는 플러그 뽑히듯 중단
되고

보다 못한 선수 한명이 달려가 온몸으로 태클을 걸어 그
벌거숭이를 자빠뜨렸을 때 난장판이 된 경기장은 정리가
되는 줄 알았다 하지만 심판의 판단은 달랐다

심판은 태클을 건 선수에게 달려가 주저없이 레드카드를
내밀고 퇴장시켜버렸다

골을 얻어맞은 선수가 항의하자 심판은 손가락을 잔뜩
발기시키고 똑똑히 말했다 "당신은 관중을 모독했어!"

심판은 경기의 규칙이 아니라 경기장의 규칙을 지킨 것

이다 경기장의 규칙은 관중이 구매한 것이다 조기회 축구
가 아니라면 관중 없이는 경기도 없다 선수가 관중에게 태
클을 거는 행위는 경기장에서 짜장면을 시켜 먹는 짓이나
같은 것이다

경기 중단도 경기의 일부다 관중의 일탈도 야유도 경기장
의 일부다 태클은 경기의 기술일 뿐이다 선수가 경기장에
태클을 거는 행위는 관중에 대한 지독한 모독이 분명하다

시민들이 분노하여 광장에 뛰어들었다고 공권력이 태클
을 거는 것은 사회라는 운동장의 규칙을 무시하는 처사다
누군가 공권력에 레드카드를 내밀어야 하는 것이다

존 레넌처럼 생긴 남자는 벌거벗은 광대이며 이성적 광
기의 유령 같은 존재이다

스포츠뉴스에 잠깐 비친 그 심판이 누구인지 모르나 나
는 나의 시가 레드카드가 되어야 할 거라고 생각했다

땅을 딛고 일어날 뿐

녹색은 기적이다
부유하는 먼지와
불구가 된 흙과
폐기된 배설물과
추방된 독극물과
배제된 토사물을 먹고
허공 신전의 푸른 기둥을 올렸다
하지만 그건 하찮고 흔해빠진 혁명이다

세상의 기적과 혁명은 푸른 기적을 파먹으며 온다
열(熱) 먼지를 일으키며 푸른 기적을 거덜내면서 온다
혁명을 연소하여 쓰레기를 만들면서 온다
욕망과 축적의 반석 위에서 온다
허공을 엎어 불멸을 꿈꾸며 온다
그래서 흔해빠진 것은 희귀한 것이 되었다

이 지저분한 시대와 생을 탓하지 않으리
그들은 추방된 자에게 기적을 허락했다

굴욕과 결핍과 빨갱이와 혐오와 추방과
세상에 부유하는 것과 폐기된 것들을 먹고
나는 아직도 태어나고 있다
나는 아직 다 태어나지 않았다
땅을 딛고 태어날 뿐이다

용장사지 가는 길

경주 남산 용장사지 가는 길
처음 갔을 땐
어둑한 길을 짐작 하나 앞세우고 지도도 없이 찾아갔다

두번째부터는
못미처 계곡에서 꺾었거나 지나쳐서 모롱이를 돌았거나
걸음이 남았거나 숨이 모자라서 헤매다 그냥 왔다

사랑도 그와 같아서
더운 피가 앞선 대로 따라간 처음 사랑은 눈물도 이별도
황홀했다
이리저리 굴려본 사랑은 넘치거나 못 미쳤다

눈을 감고도 길을 찾을 즈음에는 이미
길은 길이 아니라 통로에 불과했다
길을 가고 길을 잊어야 못 본 첫길이 두근거리며 열린다
종일 듣는 바람소리 처음 듣는 소리다

플라타너스 초등학교

고된 세상을 한바퀴 떠돌고
플라타너스 새잎 돋는 교실에 다시 와서 본다
모국어의 첫 글자를 익히던 푸른 그늘 아래

플라타너스 허리에 1-4 푯말을 묶고
그 아래 삭은 칠판 하나 걸고
그 그늘 밑 흙바닥을 깔고 앉아 우리는
연필에 침을 발라 가나다라를 받아 적는 동안

메뚜기가 공책 위에 똥을 싸고
나비들이 크레파스를 핥고
구름이 후드득 머리 위에서 쉬를 하고
새들이 가갸거겨 글씨를 물고 다녔다

힘센 선생님들이 풍금을 옮겨다 주고
스무살 뿌얀 여선생님이 노래를 들려주면
아지랑이 폴폴 일어 나비가 되곤 하였다

햇살이 더 있어야 했으나
구름이 일찍 몰려왔다
작은 주먹을 쥐고 머리띠를 묶고 쳐부수자고 외쳤다
허기진 몸에 몽둥이로 식민의 규율을 단련해야 했다
하얀 도화지를 검은색과 붉은색으로 채웠다
고개를 숙이고 우리는 떠났다

거친 세파에 쓸려가고 난파되면서
우리가 배운 연둣빛 글씨들은 흉기가 되어갔다
아픔을 불러오고 흉흉한 시간을 불러왔다
많이 잃어버리고 많이 불구가 되어 돌아왔다

그 연둣빛 시절을 잊을 수 없었다
하얀 종이 위에 싹이 나고 이름이 움트던 시간들을
몸에 새순이 돋고 글씨들이 두근거리던 시간들을
그 기쁨의 플라타너스를 잊지 못했다

다시 와서 그 첫 이름들 불러보기도 전에 눈물이 난다

그 이름들 불러 새로 움트게 할 수 있을까
내 이름만 같은 그 모든 이름들을

업(業)

소 한마리 큰 눈 울먹울먹 내 몸을 들여다보고 있다
트럭에 실려 철골로 지은 공업사처럼 생긴 건물로
기계음 먹먹한 철문 안으로 밀려들어가면서 표정 없이
표정 없어 많은 표정으로 내 몸을 살핀다

건물 맞은편에는 커다란 쇼윈도우 매장이 있다
내가 걸어서 공장 뒷문까지 가는 시간이면
저도 간추린 몸에 무럭무럭 김을 올리며
컨베이어를 타고 나올 것이다

세상에 나온 지 이년 남짓 된다고 한다
작년에 삼년이나 키운 늙은 외국소를 수입해서
먹느냐 마느냐 정부를 살처분하라 나라가 시끄러웠다
이상하게도 군중 속에서는 생각이 나지 않았다
어린시절 함께 자란 그들
아버지들이 십수년 넘게 키운 그들
새끼 열배는 낳도록 한식구로 살아온 그들

사람과 오래 함께 살아
사람이 거두어 먹이며 들인 정성과
사람 짐 대신 져다준 수고가 어슷비슷하고
이것저것 챙겨주고 구석구석 돌보아주어
서로 진 빚이 별반 없어도
가엾은 소 팔자라고 혀를 차곤 했는데
저리 큰 몸값으로 삼년의 시간도 못 쳐주면
나머지 시간은 누가 빚을 지는 것일까

내 몸을 한사코 들여다보던 눈빛은
내 몸을 비집고 들어오려던 저 울음은
저들이 아직 살아보지 못한 시간의 몸인가

내 목에서 소울음이 기어나올 것만 같네
그 무엇에 쓸 말인지도 모르게
나는 자꾸 염치라는 말을 떠올리네

기억

낡은 차를 몰고 배웅을 나갔다 겨울 들판에는 매서운 바람이 불었다 세차도 깨끗이 하고 기름도 가득 넣었다 사륜차라서 사막에 팔려갈 거라고 어제 중개상인이 말했다 내일 가지러 오겠다고 했다

생각지도 못했다 가까운 벗을 떠나보내던 밤도 이러지 않았다 갑갑하고 호흡이 거북해서 자꾸 밖으로 나왔다 차 때문인지 차와 함께 보낸 세월 때문인지 분간을 못해서가 아니다

나의 가장 슬픈 한시절을 그와 보냈다

전기톱이 내 다리를 파먹어 비상등을 켜고 달리던 때도 있었다 사망선고 받은 사람 태우고 다시 못 볼 옛 마을에 가서 함께 울다 온 밤도 있었다 무너지는 가슴으로 멀고 거친 길 다녔다 핸들에 고개를 떨구고 지새운 밤도 여러날이었다 톱밥과 흙먼지와 땀이 핸들에 얼룩져 있었다

하지만 내 기억의 문제만이 아니었다 내 수족의 단순한 연장일 수도 없었다 나의 뇌는 내 몸을 너의 몸까지 연장해서 기억하였지만 나의 몸은 이미 나의 뇌에 너의 근육이 연결돼 있다고 기억하고 있었다 언어 없이 연결된 이 살의 조합을 몸의 기억이라고만 말할 수도 없었다

잠이 오지 않아 밖에 나가 널 다시 보고 와도 여전했다 아무 연락도 하지 않았는데 산 너머 무당 보살이 밤늦은 시간에 전화를 주었다 가서 쓰다듬어주라고 했다 좋은 사람 만나라고 말해주라고 했다 그동안 참 고마웠노라고 잘 가라고 어루만져주라고 했다

나는 누구의 기억일까?

소한

사과나무가 눈을 맞고 있다

하얀 꽃을 피우던 나무
붉은 열매 주렁주렁 달고 있던 나무
제 몸보다 더 많은 무게를 지탱하던 나무
어린것을 품은 여인의 몸처럼
둥글고 붉고 단물 가득 품던 나무

사과나무가 조용히 눈을 맞고 있다

그 많은 것들 다 내어주고
하나도 받아 안을 수 없는 몸
앙상한 뼈마디 삭정이 부러지는 소리 번져
희죽희죽 웃음이 목젖에 차오르는데
맨발이 공중에 둥둥 뜰 것 같은데

빈 가지에 바람 몇점과
새 몇마리 날아와

간신히 눌러 앉혀두는데

하얀 꽃을 받아들
빈손이 되는 나무
빈손만이 받아들 수 있는 꽃

사과나무의 손을 잡아주는
누군가의 흰 손이 보인다

저 너머 이곳

1977년 지구를 떠난 보이저 1호
33년 9개월 175억 킬로미터를 날아
태양의 아들들을 두루두루 만나고 천왕성 해왕성에
작별을 고하고 파문당한 명왕성을 위로하고
2011년 여름 조용히 태양권을 벗어났다

귀환할 수 없는 우주의 쪽배는 인간의 손을 떠나
태양계를 떠나 우주로 진입했다

인간 역사의 절대적 중심
제우스도 아폴론도 넘지 못한 경계
절대적이고 영원한 지배의 상징
진리의 원형
생명의 원형
권력의 원형
역사의 원형
윤리의 원형
신의 원형 그리고 시간의 원점

이제 보이저의 창에는 더이상 해가 뜨지 않는다
태양도 주변이다 저녁에 별들과 함께 뜬다
아니 저녁도 더이상 존재하지 않는다
태양의 시간에 따르면 현재 보이저는
손재한다고 할 수가 없으나 그 너머에는 다른 시간이
있고 다른 공전의 중심이 있거나 중심이 존재하지 않는
시간이 있거나 더 큰 중심의 시간 속으로 가고 있는지
알 수 없다 다만 보이저는 보고 있다
태양은 다른 별들 무리 속에서 함께 거대한 힘을 따라
흘러가고 있다는 걸 가랑잎처럼 굴러가고 있다는 걸

태양은 왕의 국경이었으나
태양은 아버지의 시간이었으나
아버지의 뒤에 국경이 있고 그 너머에는 세계가 있지만
그 그늘 때문에 보지 못하듯 그 가랑이 사이에
그 겨드랑이 사이에 그 머리 위에 있던 세계를
볼 수 없었던 것처럼 보고 있으면서도 보지 못한 곳

돌아서는 것도 허락되지 않기에
호흡하면서도 알지 못했던 것
만지고 있으면서도 느끼지 못했던 것
다만 어둠이라고 하는 다만 심연이라고 하는 그
바다 같은 곳 빛의 고기들이 노는 바다 같은 곳
저 너머가 아니라 눈앞에도 피부에도 있었던 것

아버지의 집을 떠난 최초의 아들인 그는
이제 본다 아버지가 젖을 물고 있는 곳을
아버지가 안겨 있는 품을 이미 자식들도
더 넓은 품에 던져져 있음을

그리고 우리는 본다 언제나 우리 곁에 있어온 것들을
저 너머 이미 이곳 피부에도
빛이 태어나는 곳
어둠도 태어나는 곳을

제4부

마당이 있는 집

마당이 있는 집에 들어서면서
저녁이 왔네,라고 나는 말했다
다른 때 같으면
다른 곳 같으면
해가 저물었구나,라고 말했을 것이다

저녁은 쓰러지는 한때가 아니라
서서히 물들어 저녁이 태어나고
저녁이 어둠속으로 천천히 걸어들어가는 것을 보았다
낙화는 거두어들임의 한때가 아니라
낙화라는 특이의 피어남이 있는 것을 보았다
많은 것을 내려놓아 환해지는 한때를 놓아둘 곳이
마당 같은 곳일까

문밖이 곧장 길이래서야
마음 밖이 곧장 타인이래서야
가난이 절벽이 되어서야
어스름이 담길 곳이 없네

마음 밖에 가난한 마당 하나 있어야겠다

그곳에서 어스름이 완성되면 어둠으로만 가야 하는 건
아니지

봄꽃들 지고 여름을 맞이하듯이

한낮으로 들어가기도 하는 것이다

어스름의 꽃을 피우는 것이다

뱀

타는 자갈길 걷다가
뇌도 자갈도 녹아 물컹물컹한 적막을 걷다가
발아래 뭔가 물컹했는데 붉은 뱀 한놈이
살찐 대가리를 쳐들고 내 종아리를 물고는 떨어져나가
나를 뚫어지게 쳐다보았다

순간 내 안에 있던 것들이
한꺼번에 쏟아져나왔다 증오와 공포와 환희와
연민과 선의와 쾌감과 악의와 살의와……
한가지 사건에 하나의 감정을 제출하도록 감시하고 있었
으나
감시관이 손쓸 틈 없는 순간에 다 쏟아져 질펀했다

대지의 비밀스런 구멍에서 기어나온
대지의 피로 발기한 붉은 몸은
내가 알 수 없는 나의 구멍을 파고들듯이 노려보는데
저 가증스런 것과 나 또한 같은 대지가 낳은 자식이지만
우린 손을 잡을 수도 없는데

아, 나는 다 태어나지 않았다
대지는 아직 나를 낳고 있는 중이다

난독과 오독

헌책방에서 세계단편문학전집을 빌려보던 열일곱살 겨
울 한권쯤 읽어둬야지 했던 건데 그만 열두권인가 열다섯
권인가 한질을 중독처럼 내리 읽고 장편 두어권 읽고 나서
뭔가 틀렸다는 것을 알았다

누가 권하지도 않았고 도무지 관심도 없었던 문학책에
단숨에 빠진 일도 그렇지만 이백편 가까운 스토리가 제멋
대로 엉킨 것이다 오 헨리 상체가 몸의 하체에 붙고 모빠상
의 여자가 동물농장에 가 있고 체홉이 가게 이름인지 도시
이름이었는지도 헷갈렸다

하지만 시간이 지나자 그 혼란이 그리 나쁘지 않았다 세
상살이가 소설처럼 만만치 않아서다 남의 생을 대신 사는
일도 종종 있는 법 나의 하품이 어느 누구에게 치명적일 수
도 있는 일 누구 탓인지 알 수 없는 불행과 운명도 허다하
고 내 삶에 온갖 삶이 섞여 있기도 하다는 것

아무래도 혼자 걸어온 길은 난독과 오독의 길이었다 난

독은 습관이 되고 오독은 즐길 만했다 생물학을 읽으면서
정치적 문제를 고민하고 사회과학과 문학을 섞어서 읽고
물리학을 읽으면서 종교적 상상에 빠지기도 했다

　하지만 내게 아무런 문제 생길 게 없었으나 목적 없는 독
서라서 건성으로 갈 일도 없었으나 나는 모든 방향에서 갈
증을 느꼈지만 어느 순간 열정이 꺾이고 말았다 치명적인
오독 때문이었다

　나의 생을 잘못 읽고 있었기 때문이었다 나는 이미 낯선
곳에서 낯선 곳으로 던져졌고 책은 나를 거듭 해체하여 텅
비게 하였으나 그런 나의 부재를 읽지 못했기 때문이었다
존재의 마지막 텍스트인 '부재'를

울고 싶을 땐

울고 싶을 땐 강에 가서 울었다

겨울 방천 억새밭에 겨울비 내리는데
돌을 쌓아 두른 지붕도 없는 거지 집에서
갓난아이 울음소리가 났다

학교 그만두고 대구 방직공장에 간 내 동무 눈 큰 가시내
부은 발등 까만 팔뚝으로 종일 매던 강가 버덩 콩밭에
마른 쑥부쟁이만 하얀 눈을 맞고 있었다

물 위에 부는 바람 전깃줄에 감전된 듯
오한 깊이 들린 속살 시도 때도 없이 떨었다

막차 떠난 대합실 졸며 기다리다 홀로 돌아오는 길
겨울 강 물소리 듣다 마른 풀밭에서 잠이 들었다

붉은 해가 현기증에 잠겼다가
구역질로 토해놓은 허연 낮달이 되어 흘러갔다

울고 싶을 땐 강에 가서 울었다

진화론

컴퓨터는 인간 진화의 자기상실을 반영하는 것일까?
그는 온갖 것이 되고 있기 때문이다

계산기였다가 편집기였다가 게임기였다가 통신기였다가 상영기였다가 여러가지 도구였다가 온갖 것이 되고 있다 가는 곳마다 정체가 다르고 마주앉은 사람 따라 존재가 다르다 모든 것이 되고 있다

저걸 만든 사람들은 떼어내기 역사를 살아왔다 조상을 하나씩 떼어내었다 파충류도 떼어내고 포유류도 떼어내고 영장류도 떼어내고 네안데르탈도 떼어내고 하나씩 벗겨내고 인간이 되었다

나는 고양이를 만나면 고양이를 제출하고 늑대를 만나면 늑대를 제출하고 곰을 만나면 곰을 제출하고 고래를 만나면 고래를 제출하고 찌르레기를 만나면 찌르레기를 제출하고 싶었지만 창고에는 시간이 화석이 되어 있어 끄집어낼 수 없었다

더 많은 것을 떼어내었다 땀과 노동도 떼어내고 야성의 심장도 떼어내고 날카로운 후각도 떼어내고 교감의 영감도 떼어내고 얽히고 설킨 관계들도 떼어내고 영혼도 떼어내고 들과 숲도 떼어내고 비바람도 떼어내고 고요도 떼어내었다

나비가 다시 춤을 떼어내고 날개를 떼어내고 고치를 떼어내고 피부를 벗겨내고 애벌레가 될 수는 없지만 인간은 다 벗고 얇은 피부마저 벗겨내고 신체의 뛰어난 감각들을 벗겨내고 애벌레가 되어 동물의 털과 껍질과 쇠로 만든 케이스를 입고 있다

그리고 언제나 자신에게서 떼어낸 것들과 전쟁을 해왔다 그리고 계속 떼어내었다 떼어내고 떼어내어 인간은 오래전에 인간으로부터 멀어져 있으나 아직도 계속 인간이 되고 있다

그 모든 가장자리를

우리 사는 곳에 태풍이 몰아치고 해일이 뒤집고
불덩이 화산이 솟고 사막과 빙하가 있어 나는 고맙다
나는 종종 이런 것들이 없다면 인간은 얼마나 끔찍할까
지구는 얼마나 형편없는 별일까 생각한다네

내가 사는 곳이 별이란 사실을 언제나 잊지 않게
지구의 가장자리가 얼어붙고 들끓고 있다는 사실에 안도
하네
도심에 광야를 펼쳐놓은 비바람 천둥에도 두근거리네

그래도 인간들 곁에서 무엇보다 그리운 건 인간이지
한두세기 만에 허접한 재료로 발명된 인간이 아니라
인간이 걸어온 모든 길을 다 걸어온 인간은 어떤 인간일까
계통발생의 길을 다 걸어 이제 막 당도한 인간은 어떤 인
간일까
그 오랜 인간의 몸에 내장된 디스크 메모리를
법륜처럼 굴려보았으면 싶은 건데

그래서 나는 버릇처럼 먼 외곽으로 자꾸만 발길이 간다네
아직 별똥별이 떨어지고 아무것도 길들어지지 않은 땅에
먼 길 걸어 이제 막 당도한 인간이 더러 살고 있을 그런
곳에

잠에서 깨어나 창을 열면 이곳이 별이라는 생각
벌거벗은 인간이구나 하는 생각으로 눈을 뜨기를
그래서 나는 습관처럼 인간의 가장자리 사회의 가장자리
그 모든 가장자리를 그리워한다네
한 십만년을 소급해서 살고 싶다네

멈추게 하려고 움직이는 힘들

움직이는 모든 것이 흐르는 것은 아니다
멈춤을 위한 부단한 노력이
멈춤을 위한 열정적 활동이
흐르는 모든 것을 포식의 대상으로 삼는 힘들이 있다

밟고 있으려는 활동
움직이지 못하게 하는 움직임
흐르는 것은 두렵고 흐르는 것에 본능적으로 분노하는
쌓기 위해 쌓는 제방의 기술자들
흐르는 것은 모두 포획의 대상인

절대를 향한 열광
무한 축적의 광적 욕망
미친 속도의 무한 질주
전쟁의 포화
권력을 향한 폭력 의지
흐름을 허망으로 만드는 힘들
흐름 위에 꽃을 피우지 못하게 하는 힘들

흐름 속을 날지 못하게 하는 힘들
흐름 위에 춤추지 못하게 하는 힘들
다시 태어나지 못하게 하는 힘들
죽음을 영원하게 만드는 힘들

움직이는 모든 것이 흐르는 것은 아니다
흐르는 것은 지배할 수 없고
쌓지 않으면 소유할 수 없어
저 열광하는 움직임은 흐름을 무너뜨려
높이 쌓는 행위다
저 광적인 속도는 흐름을 세우고 시간을 세워
수직으로 쌓는 과업이다

저 움직임은 하나의 목적,
멈추게 하려고
움직인다

슬픈 인사

세상에서 가장 슬픈 인사
잘 살아요——

여기서 따로 가면서
당신은 내일을 살 수 없고
내일은 나 혼자 가면서
아무도 뒤에서 지켜보는 이 없는 거리를 혼자 가야 하는
가서는 돌아올 길을 잃어버리는
뒤가 텅 비어버리는 그 인사
잘 살아요——

잘 살았어요? 그간의 얘기 나눌 기약도 없고
어디선가 같은 시간에 있을 거라는 환상도 가질 수 없는
뒤가 휑하니 뚫려버리는 그 인사
삶은 이미 벼랑 끝에 있었다는 말
그대라는 실낱에 전부가 매달려 있었구나
잘 살아요——

아, 인간에게도 뿌리가 있었구나
등뒤에 깊은 심연이 있었구나
잘 살아요—
푸른 나무가 공중에 던져지는
아, 자유라는 이 공포!

존재여행

해외여행 한번 해보지 못했지만
비행기 한번 타본 적 없이 촌구석에서 살았지만
배웅은 좀 했다 그럴 때마다 손을 흔들고 통과하는 그
자기장을 뿜어대는 검색대가 나를 위협했다
내가 저 검색대를 지나갔다간
돌아올 적엔 다시 통과하지 못할 것 같아서다

내가 검색대와 검문소와 관공서 문과 관문 들 앞에 서면
아직도 열이 치받는 건 독재의 나라에서
살아온 탓도 있지만 그 때문이 아니다
나는 사실 아침 다르고 저녁 다르다
민들레 필 때 다르고 서리 내릴 때 다르다
새 한마리 잡아먹고 나는 달라졌다
아프리카 다큐 한편에 나는 달라졌다
주정뱅이의 지나가는 말 한마디에 나는 달라졌다
포르노 한편 보고 나는 달라졌다
민주정부가 거짓말을 했을 때 나는 달라졌다
로런스를 읽고 늦은 나이에 나는 달라졌다

나는 사소한 일에도 달라진다

그런데 저 낯선 세계를 만나고 오면 떠날 때 기록된
나의 신상과 다르고 지문도 다르고 존재도 달라
통과할 수 없을 것만 같다
자유란 지금의 나를 청산할 수 있을 때
나를 거덜낼 수 있을 때 온다고 나는 굳게 믿고 있었다
삶은 존재여행이라고 나는 믿고 있었다

그런데 그저께 저녁
이십년 만에 한 친구를 만났는데
그 녀석 하는 말이,
넌 정말 그대로야 달라진 게 하나도 없어,
하며 참 반가워했다 이상한 건 그 말에
심한 낭패감이 들 줄 알았는데
은근히 좋아지는 건 도무지 이해할 수 없었다
어쩔 수 없이 나는 오늘도 첫 여행길에 오른다

인간의 바깥

히틀러는 군함을 몰고 발트해를 순항하기보다
베르디와 바그너를 연주하는 걸 더 좋아했고
꽃과 자연풍경을 잘 그리는 화가였다

스딸린은 장갑차를 닮은 자신의 철갑차를 몰고
전선을 도는 일보다 어린아이들을 더 좋아했고
볼쇼이 오페라와 영화 광팬이었다

과거 이 나라 독재자는 총보다 붓을 잡는 걸 더 좋아했고
틈만 나면 붓글씨와 수채화 그리기에 몰입했다

홀로코스트 기획자들은 렘브란트에 열광하고
베토벤을 수준급으로 연주했다

이웃 동네 사는 정치 사기꾼은 물 맑고 공기 좋은 강변
고향에 돌아와 술담배도 않고 나무와 꽃을 가꾸고
음악을 즐기면서 수많은 사람들의 삶을 파탄내었다

저 맑은 물 좀 봐 저 나비 좀 봐
손에 잡힐 듯한 밤하늘 별들 좀 봐
이런 곳에 살면 마음이 저절로 맑아지겠지?
시가 저절로 나오겠지? 이 음악 좀 들어봐
저 작품 좀 봐 영혼이 다 맑아지는 느낌이야
그런 단성 들으면 나는 몸에 소름이 돋는다

그 탄성이 끝나기도 전에 이렇게 묻는다
이건 얼마짜리지? 여긴 한평에 얼마하지?
아름다운 것도 고귀한 것도 추악한 것도
구역질나는 것도 신성한 것도 꼴리는 것도 다
그 누구의 것이다 욕망의 대장에 등기가 된 것들이다
부처님도 언제부턴가 인간의 옆구리에서 탄생하고
거룩한 하느님도 인간의 갈비뼈를 뽑아 만든다
내 것이 아니므로 신성을 소유할 수 없고
내 것이므로 신성을 따를 필요가 없다
밖을 다 지우고 밖을 다 안으로 구겨넣고
밖이 증발하니 밖을 잃은 혁명은 구더기가 다 파먹었다

인간과 우주를 하나라고 해놓고 자연과 인간을 하나라고
해놓고
삶과 죽음을 하나라고 해놓고 한입에 다 털어넣었다
인류는 하나 세계는 하나 진리는 하나
하나라고 해놓고 한입에 다 털어넣었다
센 놈이 다 털어넣었다 고리대금업자가 다 털어넣었다
제국의 제후들이 다 털어넣었다
우주도 얕은 접시물에 다 털어넣었다

창을 열고 내다봐도 안방이다 대문을 열고 나가도 안마
당이다
저 밝은 불을 좀 꺼다오 저 눈을 찌르는 조명 때문에
저 국경경비대 때문에 저 1퍼센트 제국의 십자군 때문에
저 세계라는 경계의 말뚝 때문에 나 때문에 나 때문에
밖을 볼 수 없다 밖을 내버려두라 침묵을 내버려두라
고요를 내버려두라 흘러가는 것을 내버려두라
바깥은 내가 더 태어나야 할 곳이다 나의 잠재적인 신체다

내버려두라 내버려두어야 하나가 된다
저 불을 좀 꺼다오 제발
저 눈알을 후벼파는 조명을

어금니와 크레파스

어금니를 세개나 뽑고 치과를 나서는데 들킨 듯
덜컥 어머니 생각이 났습니다

단추 꼭꼭 꿰어주고 명찰 단정하게 달아주고
공책 필통 신발주머니 일일이 챙겨주실 때
한눈팔지 마라 당부는 겉귀로 흘리고
동무들과 저물도록 깜부기처럼 놀다
크레파스를 잃어버리고 온 날처럼 무릎 꿇고
두 손 들고 벌을 서야 할 것만 같습니다

가난한 살림에 어렵게 마련했을 크레파스와 이빨서껀
그 수고 다 헛되다 돌아앉으실까봐 코가 찡해왔습니다
크레파스야 내가 그림을 아무리 잘 그려가도
환쟁이가 될까봐 외려 걱정거리였어도
꼭 깨물고 평생 놓지 말아야 생의 다짐을 허접하게 했습
니다

이런저런 기대는 애시당초 접어두었다지만

한몸 건사도 못할까봐 걱정 안기는 일 못할 짓인데
물려받은 머리칼 하나도 함부로 말라는 옛사람 말뜻
이제 조금 안다고 해도 늦었습니다

언젠가 나도 돌아가 그간의 사정을 다 털어놓고
구석진 곳에 벌을 서고 있으면 쌀독에 묻어둔 것 들고
종종걸음으로 크레파스를 사오셨듯이
먼 어둠 끌어와 나를 다시 낳아주시려나

체제

　유모차를 끄는 여자들이 앞선 시위대를 가로막고 살기 번득이며 입에 담지 못할 욕설을 퍼부어대는 저 노인들은 누구인가

　해골 문장 얼룩무늬 군복에 검은 안경을 끼고 십자가를 들고 성조기를 흔들며 몽둥이와 가스통으로 위협하는 저 험악한 노인들은 누구인가

　그들은 다 어디로 갔나 했더니 세상이 다 자기들 것인 양 의기양양하던 그들은 다 어디로 갔나 했더니

　납치 살인과 백색테러를 자행하던 독재권력의 정치깡패들은 늙어서 다 어디로 갔나 했더니 베트남전쟁에 팔려가서 그 용맹한 잔혹성에 미군들도 혀를 내둘렀다던 특수부대 용사들은 늙어서 다 어디로 갔나 했더니

　야밤에 휴전선을 뚫고 잠입하여 북한인 수십명의 목을 따고 온다던 그 영웅들과 동족들에게 물고문 전기고문 고

춧가루고문을 일삼던 고문 기술자들은 늙어서 다 어디로
갔나 했더니

　지하로 잠적한 친일파들을 다 불러내어 면죄부와 계급장
과 완장과 총과 몽둥이를 주고 목숨 바쳐 독재권력을 지키
게 한 힘은 실제적인 힘이었지만

　국가에 버림받은 저들은 여전히 면죄부를 받을 곳도 국
가를 위한 테러집단밖에 없다는 사실을 잘 알고 국밥과 일
당에 다시 팔려와 쭈글쭈글한 주먹의 서글픈 테러와 더러
운 욕설과 저주로 지켜내는 체제가 있으니

　혀를 차고 지나치면 좋겠으나 저것이 아무리 쭈글쭈글해
도 실제적으로 지켜내는 체제의 역사가 있으니 범죄와 배
신과 면죄와 다시 배신으로 지켜내는 체제가 있으니

우방

어제 신문을 보다 깜짝 놀랐습니다
미국 환경부장관 잭슨이 이딸리아 씨라꾸사에서 열린
G8 환경장관회의에 참석해서 발언하는
기사가 조그맣게 실렸기 때문이었습니다
무슨 기사였기에 그리 놀랐냐구요? 그게 아니라
미국에도 환경부가 있다니까요

미국 행정부에는 국방부와 국무부가 있고
국방부장관과 국무부장관과
국방부차관과 국무부차관과
국방부차관보와 국무부차관보와
국방부대변인과 국무부대변인만 있는 줄 알았는데

의외군요 다른 부처도 있었군요
우리나라의 최대 우방이란 소리
육십년 전부터 해오던 소리였는데
우방이 탈이군요 우방만 아니었어도
좀 가까운 당신이었을 텐데
거참, 노동부도 있나요?

축을 생각한다

강물처럼,이라고 말할 때
끌어올리는 힘도 함께 생각해야 한다
흘러간다,라고 결론짓지만
강물은 어떤 경우에만 흘러서 간다

에스컬레이터의 숨은 절반처럼
어두운 곳에서 끌어올리는 노동이 있다

강은 하구의 뿌리에서 상류의 가지와 잎새까지
역류하는 힘이 강의 뒤쪽에 있다
역류하는 탄생의 힘은 어둠속에 있다

흐릿하고 지리멸렬하고 누락되고
배제되고 재갈 물린 것들이……

축이 되어

시간도 어떤 경우에만 흘러서 간다

외부를 찾아서

박수연

'써발턴'(subaltern)이라고 지칭될 법한 어떤 존재들에 대한 형상과 그들의 장소를 제시하는 것으로 『그 모든 가장자리』는 시작된다. 시집의 첫시 「예배를 드리러」의 "시골 장거리"가 그 장소이다. 그곳은 신생을 위한 종교적 희생제의가 펼쳐지는 공간이기도 하다. '엎질러진 내장, 벗겨진 비늘, 핏물 속의 잘린 머리'는 이때, 시장이 예배당으로 바뀌는 것만큼이나 문득, 상품에서 제물로 화한다. 그 제물이 시골 장거리에 바쳐질 때, '벗겨지고, 뒹굴고, 누운' 처참함과 왁자함에 실려 시장에 참여한 사람들은 그 제물의 힘으로 새 삶을 꿈꿀 것이다. 그러므로 "세상에서 가장 선한 예배당"이라고 호명되는 그 장거리는, 각성된 사람이든 미몽 중의 사람이든 누구나 올 수 있는 장소라는 점에서, 대중, 민중, 다중이라고 규정되는 모든 사회적 주체들이 스스로 거듭나는 곳이 된다. 성스러움과 속악함이 함께 스며 있는 행위들의 주체가 곧 그들이고 그들의 장소가 '시골 장거리-예배당'이기 때문에 결국, 이

장거리의 써발턴들이 떠멘 세상 모두의 삶을 시는 요약해서 제시한다고 할 수 있다. 물론, 제물이 바쳐지는 시장의 왁자함에는 정연한 질서보다는 목소리들이 서로 다퉈 앞서는 반복의 혼돈이 있다.

실은, 「예배를 드리러」가 반복에 의해 구성된 시이다. 시의 첫행 "시골 장거리에 예배를 드리러 가야겠다"는 마지막 연에서 "세상에서 가장 선한 예배당에/까무룩 햇살 속으로 사라지는 계단을 밟고/예배를 드리러 가야겠다"로 변형 반복되고, 2연의 "졸음의 무게" "말년의 눈금들" "목숨의 원소들" "노동들"은 4연의 "졸음의 시간들" "마이너스 눈금" "저승길 길목" "동작들"로 변형 반복된다. 변형이 작용한다는 점에 주목하자. 알다시피, 반복이 단순히 동일성에 머물지 않는 이유가 바로 그 변형에 있다. 따라서 '시골 장거리-예배당'의 참여자들은 시장 공동체의 동일한 정체성으로 환원되지 않는다. 그러지 않을뿐더러 각각의 개별체들로서 그들은, 개별체 자체의 정지상태에서 변형되는 개별체들의 풍성한 동작상태로 나아간다. 2연의 '담긴, 나눌 수 없는, 쪼갤 수 없는, 건져올린, 퇴출된' 존재들이 4연에서 '거래되고 저울질되고 에누리되고 흥정되는' 존재들로 변모하는 것이다.

이러한 변형 반복들은 아스라한 심리적 율동을 환기한다. "시골 장거리"는 인간의 삶을 구성하는 속과 성의 동시성을 뜻하는데, 동시적인 존재들은 어떤 식으로든 존재 의미를 재생

산하는 구조에 놓이기 때문이다. 둘의 동시성은, 동시에 서로에게 엇걸려 있는 상태를 뜻한다. 또한 시의 언어가 반복되는 일은 미묘한 율동을 만들어내는 일이기도 하다. 시어의 태생이 노랫말과 연관되기 때문이기도 하고, 언어의 존재 자체가 부감됨으로써 음운의 특성이 율동과 함께 육화되기 때문이다.

백무산의 이번 시집이 실현하는 반복 중에서 으뜸은 "어둠"일 것이다. 이번 시집을 '어둠에 대한 감수성'이라고 불러도 무방할 것이다. 어둠은 그런데 절망에 대한 낯익은 상징이 아니다. 백무산에게 어둠은 생성의 기원이 지닌 면모에 대한 분석적 표현이다.

> 퍼올려도 퍼올려도 꼭 그만큼 찰랑거리던 수면
> 가만히 들여다보면 글썽이는 눈동자 속처럼 빨려들어
> 알 수 없는 깊이에 이어져
> 어딘가에서 할머니들 빌어 우리 목숨 점지하던
> 용왕님이 있을 것 같은, 그 물줄기가 용왕님인 듯 목숨처럼 받들던 우물
>
> 우물은 우리 깊은 잠 속으로도 흘러들어
> 시퍼런 물결로 와서 꿈을 씻으며 메아리 지던 아득한 밤들
>
> 지쳐 기진맥진한 밤에 돌아와 조용히 몸을 누이면

어느새 갈라진 목젖을 적시며 차오르고
자고 나면 또 찰랑찰랑 새살처럼 고여오고
깊은 상처들 풀 자라듯 기워내던 우물

다시 새벽 어둑한 깊이에 두레박을 내려야겠다
오랜 세월 풀 수 없었던 이 갈증을 내려야겠다

——「우물」 부분

'우물'이 어둠으로부터의 생성적 힘이라는 이미지로 형상
화된 것은 드문 일이 아니다. 문득 생각나는 것만 해도 오정
희의 「옛우물」이 있고 김수영의 「검은 우물」이 있는데, 백무
산의 시는 그 우물에서부터 비롯될 삶의 신생을 노래한다.
"새벽 어둑한 깊이에 두레박을 내려"보냄으로써 오래 묵은
갈증을 해결하겠다는 다짐이 결론처럼 제시되기 때문이다.
오정희와 김수영이 여성 화자의 '품어안음과 바라봄'이라는
자세를 공유한다면, 백무산에게 우물은 개입함으로써 생성을
이루어내는 장소이다. 그 개입의 장소가 여성적 우물의 세계
라는 사실이 재삼 고려되어야 할 것이다. 노동해방의 시인 백
무산이 단절의 역사학과 세속 외부의 시간을 빌려 변모를 꾀
했었다는 점 때문이다. 그의 이번 시집이 '어둠'에 대한 반복
적 수사와 헌사를 보여준다는 것은 모종의 여성성이 그의 심
정을 사로잡고 있다는 뜻이 될 것이다. 「우물」에 묘사되는 것

도 그 여성적 기원의 세계이다. 시인은 지친 몸을 그 세계에 기대어 치유하고 회복한다.

이 어둠-우물이 치유와 회복의 반복을 의미화하는 과정을 통해 '인간의 시간'이 그 스스로를 변형시킬 때, 반복-변형의 율동으로써 이루어지는 것은 '인간의 바깥'으로 호명되는 세계이다.

> 창을 열고 내다봐도 안방이다 대문을 열고 나가도 안마
> 당이다
> 저 밝은 불을 좀 꺼다오 저 눈을 찌르는 조명 때문에
> 저 국경경비대 때문에 저 1퍼센트 제국의 십자군 때문에
> 저 세계라는 경계의 말뚝 때문에 나 때문에 나 때문에
> 밖을 볼 수 없다 밖을 내버려두라 침묵을 내버려두라
> 고요를 내버려두라 흘러가는 것을 내버려두라
> 바깥은 내가 더 태어나야 할 곳이다 나의 잠재적인 신체다
> 내버려두라 내버려두어야 하나가 된다
> 저 불을 좀 꺼다오 제발
> 저 눈알을 후벼파는 조명을   ―「인간의 바깥」 부분

여기에는 명확한 경계선과 분별지와 같은 밝음이 거부되고, 밝음이 거부되기 때문에 어둠일 수밖에 없는 영역의 침묵과 고요가 있다. 인간의 바깥은 바로 그 침묵과 고요로써 충

만해지는 재생의 장소이다. "바깥은 내가 더 태어나야 할 곳"
이고 "잠재적인 신체"이기 때문이다. 시집의 도처에 산포되
어 있는 기억들이 대체로 시인의 몸에서 솟아나는 것들임을
주목하도록 하자. 몸을 통해 찾아내는 기억들도 실은 어둠에
묻혀 발화되는 시간들의 일부이다. 시집이 보여주는 어둠에
대한 강세와 결합해 그 시간들은 스스로 존재하는 것이 아니
라 어둠에 의해 발효되어 등장하는 것처럼 의미화된다. 어둠
은 '태어나는 것'(「내가 계절이다」)이면서 "탄생의 힘"(「축을 생
각한다」)이기도 하기 때문이다.

이렇게 본다면 이번 시집온 백무신이 이렇게 그의 새로운
시간 영역을 개척할 수 있었는지를 묘사하는 역할을 자임한
다고도 할 수 있다. 독자들은 들뢰즈의 '사이 시간'과 네그리
의 '카이로스'를 떠올리게 될 것이다. 그것은 기존의 질서에
서 벗어나는 생성의 시간이며 그 벗어남을 통해서만 고유성
을 획득하는 사건들의 시간이다. 생성은 지금 눈앞의 사건이
어야 한다. 백무산은 그 변형된 시간, 기성의 질서를 벗어난
생성의 시간을 '물의 시간'이라고 명명한다.

넌 언제부터 물인가
아니, 넌 언제부터 지금인가

백악기 밀림을 적시던 빗방울이었다가

홍적세 빙하에 내리던 눈송이였다가
깊은 바위 속을 수만년 흐르다가
내 목을 타고 내리기 전에 얼마나 많은 몸을 유전했을까
그 몸 어디에
시간의 흔적이 새겨져 있는가

살아 있는 모든 것에 시간을 부려놓고 수레처럼 빠져나
가지만
시간의 주름 하나 잡히지 않는 네 몸
영혼은 화석이 되어도 몸은 시간을 묻히지 않는다

네 몸 깊이 들어와보면 내가 보인다
한덩이 거품이 부풀었다 꺼진다
저기 끓듯이 또 한 거품이 부푼다
사라지는 것은 아무것도 없다

네 몸에 내 몸을 적시고 네 몸이 내 몸이 된 뒤에도
매번 너의 손을 놓치고 나는 자꾸 과거로 미끄러지는데

아, 왜 몰랐을까 나는 네가 언제까지나 간직한 현재에서
지금 막 튀어오르고 있다는 걸!

—「물의 시간」 부분

시는 인간의 육신을 채운 물의 의미 이상을 가리킨다. 우선, 물은 언제나 현재이다. 물이 시간의 흔적을 지니고 있지 않기 때문이다. 그런데 이 말은 묘한 모순을 통해서만 성립 가능하다. 항상 현재적 존재이기 위해서 물은 고정된 상태로 영원해야 한다. 동일자의 세계란 영원하기 위해 정지되어 있어야 하는 세계이다. 존재의 세계가 그럴 것이다. '어둠의 철학자'로 불렸던 헤라클레이토스의 강물과 정확히 반대면에 그것은 위치하는 것이다. 그러나 물은 언제나 가변적이기도 하다. 물은 지형을 따라 흘러가고 틀을 따라 변모한다. 일정한 형상은 항상 소멸되고야 말 경계-한계와 접촉하면서 만들어지는 것이다. 헤라클레이토스의 강물이 바로 이것을 가리킬 터인데, 따라서 물은 그 양면을 함께 구비하고 있는 존재라고 시인은 말하는 셈이다.

물의 시간이 영원한 현재로서의 시간이면서 기성의 질서를 벗어나는 시간인 것은, "자꾸 과거로 미끄러지는" 몸이 그 물에 의해 언제나 현재의 생성태로 거듭나기 때문이다. 이 현재의 시간관이 현재 부풀어오르고 꺼지고 다시 부풀어오르는 사건들과 결합하는 곳에 기성의 시간이 존재할 여지는 없다. 기성의 시간이 과거-현재-미래의 속성을 가진다면, 새로운 시간은 현재-현재-현재의 흐름을 속성으로 지니는 것이다. 이 지속적 현재의 시간을 통해서만, 과거라는 말에 의해 밀려나지 않고 미래라는 말에 의해 유예되지 않은 채, 개별적 존재들 모두가 평등한 관계를 맺을 수 있는 연대의 공간이 마련된다고 할 수 있다. "과거의 생을 더듬어/미래의 기억 속으로 들어가는 길"(「순례」)의 의미가 단지 시간에 대한 기억의 복합성을 수사적으로 표현한 것이 아니라 이 세계가 존재하는 방식에 대한 인식적 표현인 것은 그 때문이다.

　백무산이 단절의 시간과 사이 시간의 생성적 세계를 시로 표현하기 시작한 이후 '길'은 그의 시의 또 하나의 주제였다. 주어진 길이 아니라 만들어야 할 길에 대한 집중이 "옛길 버리고 왔건만/새 길 끊겼네"(「경계」, 『인간의 시간』, 창작과비평사 1996)라는 진술에서 "아, 나 이제 경계에 서려네/칼날 같은 경계에 서려네"(같은 시)라는 진술에 이르는 세계를 만들어냈다면, 이번 시집은 그 경계를 넘어 구성되는 외부에 대해 더 많이 고민한 결과들을 보여준다. 「인간의 바깥」이 경계를 넘는 일의 구체적 실행을 고민한다면, 「바람과 다투다」는 단절된 길의 구체성을 고민한다. 시인이 다니는 길을 밭에서 일구어낸 풀뿌리와 자갈로 막아버리던 이웃집 할머니가 돌아가신 후, 시인은 생각한다.

　　여윈 손목 자루로 여문 땅 괭이질로 다 일구고는
　　겨우 두해 부쳐먹은 그 밭머리에서 나는 자꾸만 목이 멘다
　　날 선 내 말이 가시는 길바닥에 가시가 되진 않았을까

꽃을 피게 하는 일과 마음의 짐 한줌 덜어주는 일

그보다 더 잘난 일 세상에 뭐길래 나는 닳고 닳도록

풀 한포기 나지 않는 길을 끌고 다녔을까

이 들에 바람과 다투는 자는 나밖에 없구나

　　　　　　　　　　　　　——「바람과 다투다」 부분

　요컨대 시인이 "끊긴 길"에 대해 말했을 때 그것이 고도의
추상이며 높은 길이었다면, 할머니의 풀과 자갈 때문에 다투
던 길은 실제적 구체이며 낮은 길이다. 시인이 후회하는 것은
"꽃을 피게 하는 일과 마음의 짐 한줌 덜어주는 일"을 배제한
채 '길 자체'("풀 한포기 나지 않는 길")만을 추구했던 태도이
다. 만들어야 할 길을 추구했지만 어느날 보니 그 길은 이용할
사람이 배제된 길이었던 것이다. 그렇다면, 시인의 길은 이제
시인 자신의 길이 아니라 시인이 외면했던 존재들의 길, 대중
이기도 하고 민중이기도 하며 다중이기도 할 그 존재들의 길
이 아니겠는가. 저 '시골 장거리—예배당'에서의 왁자한 희생
제의가 시집의 도처에서 반복된다고 썼던 것은 그 때문이다.
시집의 커다란 주제라고 할 수 있을 것들, 즉 '반복' '어둠' '외
부의 시간'에 걸쳐 있으면서 각각 개별적인 목소리를 내는 존
재들의 모습이 바로 그 구체성의 길을 채운다고도 할 수 있다.
　구체성의 길, 혹은 나의 '추상적 길'을 이미 초월한 할머니

의 '구체적 길', 총칭하여 '외부의 길'이라고 할 수 있는 곳에 언제나 '타자들'이 존재한다는 사실을 염두에 두어야 한다. 「너를 쬐어야 한다」는 바로 그 타자들의 규정에 의해 살아가는 주체를 묘사하고 있다. 그런데, 다음과 같은 타자도 있다.

몸 하나 하수구를 빠져나가다 걸려 있다
패션거리 네온 불빛 휘황한 거리의 지하도
지상을 떠받친 거대한 기둥에 걸려 있다

박스를 깔고 누더기 이불에 반쯤 가려진 벗은 여자
불에 타다 만 베개에서 떨어져 뒹구는 머리통
거품처럼 엉킨 머리채 누렇게 부은 볼에 뚫린 검은 입
훌러덩 드러내어 대리석 바닥에 쏟아놓은 아랫배
불룩 솟았다가 철퍽 가라앉고 솟았다가 다시 꺼지고
진한 거웃에 찔러넣은 의수 같은 손

아직 욕망이 다 빠져나가지 못한 저 몸
나는 모른다
지상의 높은 곳을 오르다 굴러떨어졌는지
누가 저 높은 곳을 쌓으려고 벗겨가버렸는지
스스로 벗어버렸는지 나는 모른다

하지만 어떤 경우든 나는 안다

배설된 저 몸

다 소화되지 못한 욕망의 배설물

과식의 위장을 빠져나와 쿨렁쿨렁 하수구를 지나다

걸려버린 한무더기의 배설물

아직은 누군가 그리울

아직은 단꿈이 남았을

한무더기 배설물의 지상은 패션거리다

　　　　　　　　　　　　——「당신들의 배설물」 전문

　시는 자본주의적 욕망의 '쓰레기가 되는 삶'에 대한 묵시록
이다. 어떤 사람이 하수구에 반쯤 걸려 죽어 있다. 시신의 끔
찍한 형상은 언제나 '반쯤' 걸려 있을 수밖에 없을 것이다. 바
우만이 이야기했듯이 현실을 지배하는 힘은 세계를 '포함과
배제'의 함수를 통해 구성한다.* 과거의 빅브라더가 정렬시키
고 통합하는 '포함'에 열중했다면 현재의 빅브라더는 추방하
고 금지하는 '배제'에 열중한다. 그렇다면 빅브라더에게서 벗
어나는 길은 없는 것인가. 「당신들의 배설물」은 '반쯤' 걸려
있는 시신을 제시한다. 욕망의 배설물이 흘러가는 하수구도
아니고 패션거리의 지상도 아닌 곳에 시신은 누워 있다. 죽음

---

* 지그문트 바우만 『쓰레기가 되는 삶들——모더니티와 그 추방자들』, 정
　일준 옮김, 새물결 2008 참조.

만이 이곳과 저곳의 사이에 있을 수 있다는 듯이 한 존재의 삶이 세계의 한중간에 찍혀 있는 것이다. 이 중간지가 현실의 해결책이 될 수 없다는 사실은 너무나 분명한데, 중간은 가변성의 또다른 이름이기도 하기 때문이다. 더구나 문제는 지금이 고정적 근대성의 필연적 귀결인 유동성 공포가 만연한 시대라는 점에도 있다. 가변적이고 불확실한 현실은 그 현실 속의 삶을 통제 불가능한 것으로 만들어버린다. 사람들이 통제 불가능한 삶 속에서 "쓰레기"가 되는 사태는 특히 자본주의 세계체제에서는 어디에서나 목격되는 일이다. 이주노동자들이 출입국관리소에서 불에 타죽는 일은 그 사태들이 상징적으로 드러난 것일 뿐이다. 우리 모두는 언제 주류에서 밀려나 비주권적 존재인 쓰레기가 될지 모른다. 「당신들의 배설물」은 정확히 이 현실을 묘사한다. 내가 나의 배설물이 되어 저 지상과 지하의 중간에 언젠가 가로누워 있게 될지 모른다는 불안에서 자유로울 수 없는 것이 우리들이다. 시집의 제목 '그 모든 가장자리'가 의미심장한 것은 그 때문이다. "인간의 가장자리 사회의 가장자리"(「그 모든 가장자리를」)는 '태풍, 해일, 화산, 빙하' 등을 통해 세상이 한번 결정적으로 뒤집히고 나서야 도달할 수 있는 장소이다. 시인이 "그 모든 가장자리"를 그리워하는 것은 현세의 삶이 끔찍하기 때문이다. 외부 지향의 상상력이 이곳에 있지만, 그 외부가 실은 뒤집힌 내부라는 사실이 그래서 강조되어야 한다. 이를테면 세상은 혁명되어야 한다.

이 혁명이라는 '흰 소'를 잃어버렸을 때 우리는 마음을 잃은 것과 같은 것은 아닐까? 백무산이 한때 "눈에 보이는 것들 살아 있는 것들/다 쏴 죽이고서/그 시체들이나 잔뜩 쌓아 두고 있는/마음이여/너를 살해한다"(「마음을 살해하다」, 『인간의 시간』)라고 선언했을 때로부터 '마음길이 끝나는 미황사'에 이르러, "소의 행방을 묻지 마라 하네"(「미황사 동백꽃」)라고 되뇔 때, 바로 그 혁명의 방법이 방법적으로 모색되는 셈이다. 그것이란 인간의 삶을 내부에서 뒤집는 일인데, 결국 백무산의 외부 지향의 삶을 뒤집는 일이었다고 해야 할 것이다. 그의 시가 반복의 율농으로 거듭난다는 사실은 그래서 더욱 주목되어야 한다. 그는 삶을 살되 내외부를 반복해서 산다. 그것은 삶을 떠나는 일이 아니라 삶을 되찾는 일이다. 시골 장거리가 예배당인 이유는 바로 여기에 있다. 그는 또 이렇게 말하고 있지 않은가.

　　우리 옛사람들도 또 왕들도 나이가 들면 곧잘 출가하여
　　다른 생을 살았다 한다

　　출가보다 아름다운 일이
　　인간의 삶 속에 있었으리라고 나는 믿고 있다
　　　　　　　　　　　　　　　　　　　　—「생과 사의 다리」 부분

朴秀淵 | 문학평론가

성격 탓이거니 생각했는데, 내게 폐소공포증 같은 것이 있었던 것 같다. 체질의 문제만도 아닐 것이다. 흐린 물속 물고기들이 수면 밖으로 입을 드러내고 숨을 쉬어야 하듯이, 나는 수시로 '바깥'을 호흡해야만 했다. 그 벽이 경계이든 현실이든 숙명이든 나를 둘러싼 알껍데기를 깨고 나오면, 그 바깥에는 또다른 껍데기가 존재해왔다.

다시 태어나는 길밖에 없었다. 그래서 생성만이 실재였지만, 그건 또다른 표류였다.

나는 늘 인간의 제로 지점에 한발을 딛고 있으려고 해왔다. (현대의 죽음은 얼마나 병적인가!)

그래야 현실이라는 소용돌이에 마음 놓고 표류할 수 있으리라.

이번에도 '현장시'들이 꽤 있었으나 시집에 담지 않았다.

그들은 현장에서 수명을 다했을 것이다. 지금 막 태어나는 것만 시처럼 여겨진다. 또 작별의 시간이다.

보이지 않는 곳에 계시면서 걱정하고 격려해주시는 분들께 정말 고맙고 부끄럽다.

2012년 3월 춘분날에
백무산

창비시선 345

그 모든 가장자리

초판 1쇄 발행／2012년 3월 30일

지은이／백무산
펴낸이／강일우
책임편집／김민경
펴낸곳／(주)창비
등록／1986년 8월 5일 제85호
주소／413-120 경기도 파주시 회동길 184
전화／031-955-3333
팩시밀리／영업 031-955-3399 편집 031-955-3400
홈페이지／www.changbi.com
전자우편／literat@changbi.com
인쇄／상지사P&B

ⓒ 백무산 2012
ISBN 978-89-364-2345-2 03810